JN059848

Adolf Hitler
1923-1933

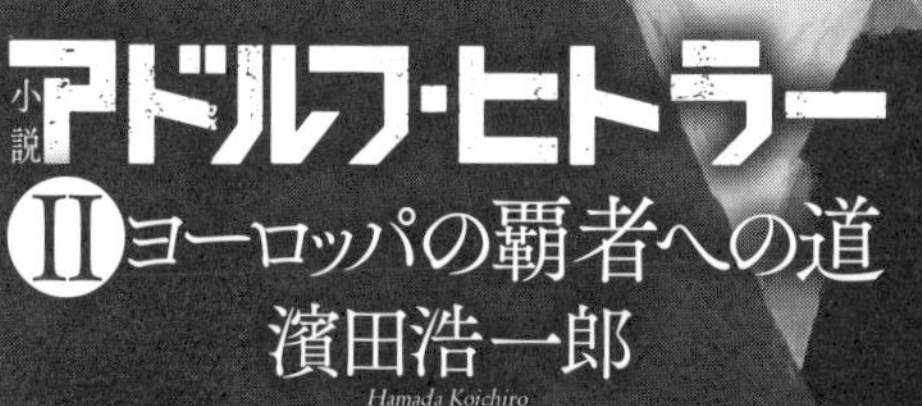

目次

第7章　我が闘争――ランツベルク……5
第8章　進撃の総統――ヨーゼフ・ゲッベルス……63
第9章　愛しき姪――ゲリ・ラウバル……97
第10章　首相就任――ヒンデンブルク……169

第７章

我が闘争――ランツベルク

武力によって政権奪取を目指したヒトラーの反乱・ミュンヘン一揆は、あえなく制圧されようとしていた。逃亡したヒトラー自身にも、官憲の手が迫りつつあったからだ。

「いったい、どうするつもりなのです?」

一九二三年十一月十一日の午後、ピストルを自らのこめかみに当て、青白い顔で立ち尽くすヒトラーに、ハンシュテングルの妻・ヘレナは問いかけた。

「これで終わりだ。あの豚ども(警察)に私を捕まえさせはしない。先に自ら撃つことにしよう」

悪魔に身体が囚われたように、心ここにあらずという目でヒトラーは呟いた。引き金は引かれようとした。

(この人を死なせてはいけない)

そう思ったヘレナは、隙を突いて、ヒトラーが握りしめるピストルを奪い取る。意外にもスルリとピストルは、ヘレナの手に渡った。ヒトラーは(何をする!)とも何も言わず、呆けたようにヘレナの顔を見つめるばかりだ。ヒトラーは、美人の人妻・ヘレナに好意を寄せたこともあった。ハンフシュテングルの自宅を訪問した時、夫や息子のエゴンがリビングにいないのを良いことに、いきなりヘレナの膝に頭を乗せ、

「あなたのような人に面倒を見てもらえたら」

と囁いたこともあった。

「御冗談を……何を言っているんですか」

その時、ヘレナは、ヒトラーの頭を膝から離しつつ、やんわりと叱りつけた。

「たった一度の失敗で諦めるとはなんですか！」

追憶に浸るヒトラーの心を現実に戻したのは、ヘレナの怒声であった。ビクリとして、ヒトラーはヘレナの昂奮した顔をまじまじと見た。怒りの顔もまた美しい。

「あなたを信じてついてきた人たちのことも考えたらどうです？　死ぬということは、彼らを見捨てるのですか？　祖国を救うというあなたの考えに共鳴した人々を見捨てたうえに、自殺しようというのですか？」

子供を叱るように問い詰めるヘレナの言葉に、ヒトラーは心をかき乱され、両手で顔を覆い、椅子に深く身を沈めた。ヘレナは、奪ったピストルを別室の小麦粉入れの箱に密かに隠す。別室から戻ってきても、ヒトラーはまだ顔を手に埋めたままだった。ヘレナは、今度は冷静な口調でヒトラーに語りかける。

「党をどうするか、あなたが獄中にいる間、同志に知らせる必要があるのではないですか？　指示を書き留めておく必要があるのではないでしょうか」

獄中……ヒトラーは、その単語に反応し、頭を手から放したが、内心、

（牢屋に入る前に、僕は殺されるだろう）

と思い、絶望感に襲われる。ヘレナは白紙を複数枚用意して、ヒトラーにそこにサインするように促した。ヒトラーの指示をヘレナが書き留めて、後で弁護士に渡そうというのだ。ヘレナの現実的で素早い対応に感嘆したヒトラーは、

「ありがとう」

と礼を言うと、淡々と語り始めた。

「マックス・アマンには財政の管理を、アルフレート・ローゼンベルクには、党機関紙『フェルキッシャー・ベオバハター』の世話をお願いしたい。そして彼に今後の運動を指導してもらいたい。ハンフシュテングルにも機関紙の育成を手伝ってもらう。幹部は政治目的を遂行するように」

指示の書き留めと、署名が終わった頃、別荘の前に車が止まり、犬の鳴き声が聞こえてきた。ノックの音がドンドンとけたたましく響く。来るべきものが来たのだ。ヘレナが玄関のドアを開けると、二人の警官を従えた若い男が礼儀正しい態度で名乗った。

「バイエルン州警察ヴァイルハイム署のルドルフ・ベレヴィルと申します。ご迷惑でしょうが、家の中を捜索させて頂きたい」

「どうぞ」

警察犬の吠え方にギョッとしたヘレナであったが、控えめな態度の警官の姿に安堵して、彼らを二階の居間に招き入れた。警官が居間に踏み込んでみると、そこにはバスローブを羽織って立つ、青白い顔をしたちょび髭の男がいた。

（アドルフ・ヒトラーだ）

警官たちは、ヒトラーの姿を認めると、固まったようになり、立ち尽くした。ヒトラーは三人の警官の顔を眺めた後に、

「時間を無駄にするな」

そっけない口調で言うと、右手を差し出した。ベレヴィルは、我に返ったように、ヒトラーの手を握ると、

「申し訳ありませんが、我々も務めを果たさなければなりません」

と恐縮したように、ヒトラーを外に連れ出した。

「出かける用意はすでにできている」

ヒトラーは、階段を降り、厳しい寒さの外に出た。その時、ヘレナの子・エゴンが外に駆け出してきて、警官たちに詰め寄った。

「僕のアドルフおじさんをどうするつもり？　どうするつもりなの？　あなたたちは、悪い人だ」

ヘレナは（あっ）と想い、幼い我が子を抱きかかえようと身を乗り出したが、それより早くヒトラーがこの少年の頬を優しく撫ぜて、

（大丈夫だよ）

という目をして、エゴンの激情を宥めた。そして、ヘレナとも無言で握手を交わした後、警察の車で護送されていった。ヘレナは死人のように青ざめたヒトラーの顔を心配そうに見送る。

午後九時四十五分、地区の役所で身なりを整えたヒトラーは、そこから六十キロ以上離れた刑務所に連行された。バイエルン州南西にある小都市ランツベルクの刑務所である。

*

タマネギ型の丸屋根の塔が二つ並ぶ要塞風の刑務所の入口をくぐったヒトラーは、「要塞」と呼ばれる特別な囚人を収容する棟の部屋に入れられた。ヒトラーがこの部屋に入るまでは、バイエルン州首相を路上で射殺したアントン・ファーライ伯爵が入れられていたが、刑務所病院の監房に強制退去させられていた。六十センチの窓と格子窓がある「要塞」は、寄宿舎のようだった。質素な白い金属製の寝台と毛布、照明付きスタンド、木製の小さな机、二つの木製の椅子……高さ一・五メートルの窓は内側に開くようになっていて、天気の良い日は、部屋を

光で包んでくれそうだが、ヒトラーが収容された日は、強い風と雨が吹き荒れ、窓を叩いていた。ヒトラーの同志が彼を救出するため、刑務所を襲撃するかもしれないということで、国軍の兵士三十人余りが機関銃や手榴弾を装備して警固した。

ヒトラーが部屋に入ると、看守のヘムリヒが服を脱ぐのを手伝ってくれた。脱臼した肩に未だ激しい痛みがあり、服を脱ぐのも一苦労だった。苦痛に顔を歪めたヒトラーは、マットレスに横になると、毛布をかぶり、眠ろうと努めたが、挫折感に襲われて、安眠できなかった。近いうちに処刑されるという恐怖心もあった。

（全ては終わった……今までの苦労は何だったのか）

身体の疲れは凄まじいものがあるのに、目を閉じても眠れない。枕に顔を埋めてから、どれくらい経ったのだろう、窓から微かに陽光が差し込んできた。

「朝食です」

看守・ヘムリヒがスープやパンが置かれた台を持って現れた。ヒトラーは、枕から顔を上げ、ヘムリヒの顔をチラリと見たが、再び何事もなかったように目を閉じた。一時間経っても、ヒトラーは食事に手を付けない。

「何か食べたらどうですか？　せめてスープだけでも」

ヘムリヒは、スープをスプーンですくい、ヒトラーに飲むように勧めたが、寝台で横を向い

たまま、ヒトラーは動こうとしない。ただ、喉は乾いていたので、

「グラス一杯の水がほしい」

ヒトラーは重苦しくかすれた声を絞り出した。ヘムリヒは、水を満杯に注いだ容器を机の上に置き、

「水、置いておきますね」

と言うと、施錠して去っていった。夕食が用意されても、ヒトラーは食べようとしなかった。ただ、黙然と鉄格子のはまった窓の前に座しているだけだった。

「食べないのですか？　具合でも悪いのですか？」

ヘムリヒが心配そうに尋ねても、当初は何も言わなかったが、同じ言葉を繰り返すと、

「放っておいてくれ！　食べない」

激した口調で目をむいた。ある時などは、

「持っていけ、さもないとパンを壁に投げつけるぞ！」

と怒鳴ったかと思うと、

「あの裏切り者めが。嘘つきめが！」

急に罵詈雑言を並べたてることもあった。裏切りと嘘……自分を騙したカールやロッソウ、ザイサーのことを非難しているようだ。ヘムリヒは迫力に負けまいとして背筋を伸ばし、

「怒鳴るのをやめてください」

ピシャリと言ったのだが、ヒトラーはそれが気に入らず、

「うるさい、黙れ。命令するのか」

ヘムリヒを睨みつけたので、

「それ以上、騒ぎ、怒鳴るのなら、規律違反となりますよ」

目に力を込めて、ヒトラーを指さして脅した。すると突然、ヒトラーは顔を手で覆い、泣き声をあげ、涙を流す。取調官がヒトラーを尋問した時も、同じ光景が現出した。生意気な態度をとるか、急に泣き出すか、それの繰り返しであった。

二週間近くもそのような状態が続いた。頬は痩せこけ、顔は一層青ざめ、髭は伸び放題だった。ヒトラーは、病棟に隔離された。取り調べがない時は、窓の側の椅子に一日中座り、陽に照らされた木立や茂みを眺めていた。ヒトラーの身体からは悪臭が漂い始め、ヘムリヒは息を止めて食事を持参しなければならないほどとなる。

「このままでは、重要な囚人を公判まで生かしておけないかもしれん」

そう考えたライボルト所長は「合成栄養素」をチューブで喉に流し込むことも考えたが、とりあえずは、刑務所指導員で心理学者のアーロイス・オットにヒトラーの心を開かせようとした。

十一月十九日、曇り空の朝十時に病棟にやってきたオットを、ヒトラーは鋭い目で睨みつけた。

「初めまして。刑務所指導員のアーロイス・マリア・オットと申します」

敬虔なカトリック教徒らしく、微笑みかけたオットだが、ヒトラーはむっつりと黙ったままである。そのヒトラーに対し、オットは新聞数紙を取り出し、ミュンヘン一揆についての記事を示してみせた。ヒトラーが目を凝らすと、そこには「超小型ビヤホール革命」「小学生風のインディアンの襲撃ごっこ」「ヒトラーと彼を支持する国家社会主義者を除去した」「ヒトラーは政治的に死亡した」「ナチスの指導者は自惚れが激しい」との文字が躍っていた。

オットはヒトラーが新聞を眺めて暫くしてから、優しく語り掛ける。

「ヒトラーさん、私はあなたに会いにくることを刑務所の誰にも言っていません。そして、今日のやり取りは誰にも言うつもりはありません。あなたと私はほぼ同い年、戦争と苦難を生き抜いてきた。私は男同士の話をするためにやって来たのです。これらの記事を先ずは読んでみてください」

狭い病室の中を、オットは行ったり来たりしていたが、時折、ヒトラーのほうをチラリと見てもいた。最初はおとなしく記事を読んでいたヒトラーであったが、次第に震え出し、新聞をクシャクシャに丸めて、テーブルに投げつけた。そして、ツバを飛ばして言った。

「民族として何という酷い言い訳だ。何という知ったかぶりどもだ。偉大な大義のために命をかけた者を裏切るというのか。これでは、身を投げうつ価値もない。もうやっていられん。私なしでどれだけのことができるものか、奴らに思い知らせてやろう。ピストルがあれば、ここで手に取っているところだ」

唾液が口のなかに溜まり、泡だらけになり、目はギョロリと光るヒトラーを見て、オットは内心驚き、

（この男は、ヒステリー状態ではないか）

と感じたが、気を取り直し、

「ヒトラーさん、我慢が必要です。国民に仕事と安全を得させるための手助けをしたいのであれば、我慢が必要です」

と諭した。しかし、ヒトラーは感情を爆発させたまま、

「いや、ドイツは待っていられない。私はこの国をその威厳と名誉に訴えて救おうとした。だが、臆病な愚か者どもは聞く耳を持たなかった。泥沼の状態から脱け出させてやろうという者を、彼らはいつも裏切る。それは、歴史が何度も証明している。国民の最善を願う者は、磔にされ、火刑にされる」

とまくし立てた。オットは、

「先ず、あなたやその同志たちは、なぜユダヤ人に対する憎しみを広めるのですか？　そうしたイデオロギー的なものは、飢えた人々を救いはしません。また、革命を成し遂げようと思えば、後押しをしてくれる多くの人の意志が必要です。私とあなたは政治的に対立するかもしれませんが、あなたが国を良い未来に導きたいのなら、お互いに協力する必要があるのではないでしょうか。そして……」

　と宥めるように言ったが、ヒトラーは聞く耳を持たないといった態度で、話を遮り「裏切り者」への憎しみをぶちまけた。オットは、ヒトラーの憎しみを緩和することはできないと判断し、対話を打ち切った。

　同日の午後、意外な人物がヒトラーの前に現れた。

　アントン・ドレクスラー、ナチスの前身、ドイツ労働者党の設立者であり、ヒトラーに入党を促した男である。ヒトラーがナチスの党首に選出されてからは、実権はその手を去っていた。彼は、ミュンヘン一揆には参加していないが、一揆後、逮捕されていた。ドレクスラーが独房に入ると、そこにいたのは、痩せ細り顔色も悪い無気力な男であった。独房に入る前に、医師から断食で危険な状態とは聞いていたが、まさかこれほどとは……ヒトラーではない、誰か別人ではないかと目を疑ったほどだった。ドレクスラーが入ってきても、ヒトラーは、窓の前で人形のように椅子に座っているだけで動かない。ドレクスラーは、

（このままでは、彼は死んでしまうかもしれん。何とかしなければ）

と奮い立ち、

「状況がどれだけ絶望的であっても、すべてを放棄する権利は君にはないはずだ」

と直言した。ヒトラーはドレクスラーの顔を見上げた。

「党は君がもう一度、最初からやり直すことを期待している」

とも、ドレクスラーは言った。ドレクスラーは同じ内容のことを言葉を変え、何度も繰り返した。当初、ヒトラーは頭を振るばかりで、時には、

「私は死ぬのだ」

と絶望的な顔で呟いていたが、二時間余りのドレクスラーの説得によって、

「そうか」

と少しばかり同意するようにはなった。だが、ドレクスラーには、ヒトラーの完全回復は遠いように思えた。無力感に苛まれて、ドレクスラーは独房を去った。

チェコスロバキア国家社会主義労働者党の創設者ハンス・クニルシュも、ヒトラーの独房を訪れた一人である。クニルシュは、ヒトラーの意気消沈した姿を手厳しく批判する。

「多くの支持者を得たこの運動を、これで終わりにするのか。見限ってしまうのか。あり得ない」

ヒトラーはクニルシュの言葉を聞いても、頭を振り続けていたが、ある時、

「このような大きな過ちを犯した者に、誰がついてくるだろうか」

とおずおずと漏らした。クニルシュはヒトラーに顔を近付け、声を大にして、

「一揆は全ての人間の情熱をかき立てたのだ。自信を失くしてはいけません。歴史を振り返ってみてほしい。偉大な指導者は、失敗を乗り越えて成功するものではないですか」

熱弁を振るった。ヒトラーの顔に少しではあるが、生気が見られた。

「ハンガーストライキを止める」

そうヒトラーは宣言し、その日は御椀のライスを貪るように食べた。

ハンフシュテングル夫人ヘレナからの「別荘であなたの自殺を思い止まらせたのは、ランツベルクで餓死させるためではない。あなたの死こそ、敵が望んでいる事態なのです」との手紙も、ヒトラーの心に火をつけた。

（そうだ、偉大な指導者は、失敗を乗り越えて成功するものなのだ）

ヒトラーの心にクニルシュの言葉が響き渡り、

（生きよう）

との強い意志が根をはったのである。

＊

生きる力を得たヒトラーの前に、新たな人物が現れた。ハンス・エーハルト（州副検事）、三十六歳。ヒトラーを、政府を武力によって倒そうとした反逆罪で訴追せんとするルートヴィヒ・シュテングライン州検事の助手である。ヒトラーより二歳年上のエーハルトならば、ヒトラーの心の壁を取り除けるのではないかとの期待から派遣されたのだ。シュテングラインもヒトラーのもとを訪れ、証言を得ようとしたが、ヒトラーの沈黙の前に無駄足に終わっていた。

十二月十三日、タイプライターを持って、速記者とともに現れたエーハルトは、自己紹介をした後、裁判のための証言を行うように、ヒトラーに求める。

しかし、ヒトラーは、

「私は犯罪者ではない。犯罪者のように尋問されるつもりはない」

との一点張り。

「そう言わずに、ヒトラーさん、少しでも良いから何かお話しください」

エーハルトは、柔らかな声音で呼びかけたが、ヒトラーは目も合わせず、黙るばかり。

「お願いします」

と言っても、

「ここで詳細について話そうとは思わん。切り札を出すのは、公判の時だ」

と鼻を鳴らして、とりあってくれない。このままでは埒が明かないとみたエーハルトは、先ずは室内の雰囲気を変えてみることからスタートした。

「ヒトラーさん、どうでしょう。あなたは、速記者がこの場にいることに不快感を持っているのではないですか」

そう問いかけたエーハルトは、ヒトラーの返事を待たずに、速記者とタイプライターを「要塞」二階の取調室の外に出してしまう。

(さぁ、アドルフ・ヒトラーはどう出てくるか)

これで室内には二人だけとなり、犯罪捜査の雰囲気は取り除かれた。

「私はただ与えられた任務を果たしているだけです。今回の一揆の問題について、ヒトラーさんと率直に話し合ってみたいのです。どうでしょうか」

エーハルトは、両手を体の前で組み、真剣な眼差しで言った。ヒトラーは、その目をチラリと横目で見て、少しばかり黙っていたが、いきなり猛烈なスピードで、唾を飛ばしながら、喋り始めた。

「私は、一九一八年十一月の革命こそ、ドイツ国民に対する裏切りであると考えている。政府は私を反逆罪で裁こうとするだろうが、革命で誕生したワイマール共和国こそ、反逆罪に値する。反逆罪によって成り立っている国で、反逆罪という犯罪などないのだ。そして、カール、ロッソウ、ザイサーこそ反逆罪に問われるべきだ。彼らも共犯である。彼らが一揆に反対していたのならば、なぜもっと早く、この危険なヒトラーを捕まえようとしなかったのか。おかしいではないか。彼らも心の底では、一揆に加わっていたのだ」

多くの聴衆に語り掛けるかのようにして、ヒトラーは利く腕を振り回した。現状においては、カールらは、検察側の証人として出廷することになっていた。ヒトラーはそれが気に入らず、彼らを被告人席に立たせようと目論んだ。

「なぜ、あのタイミングでの一揆だったのですか」

エーハルトが口を挟んだ。

「一揆のタイミング、それは仲間からの圧力を感じていたからだ。他のグループがいち早く行動に出ることも心配していた」

ヒトラーは、左肩の痛みをこらえつつ、声を高くして答えた。とにもかくにも、ヒトラーは口を開いた。

エーハルトは、ミュンヘンに戻り、上司に報告書を提出した。

＊

ナチスは活動禁止処分をくらっていたが、依然として地下活動を続けていた。熱心な党員たちも多く、そうした人々は、党首ヒトラーが刑務所にいると聞いて、盛んに贈り物を郵送してきた。手紙、小包、花、本などのプレゼントが大量に送られてきて、部屋に積みあがってきていた。ヒトラーの監房は、さながら花屋のようでもあり、図書館のようでもあり、飲食店のようでもあった。

様々な贈り物の中でも、特にヒトラーの目を引いたのが、ウィニフレッド・ワーグナーからの贈り物であった。ウィニフレッド・ワーグナーは、ヒトラーが敬愛する作曲家リヒャルト・ワーグナーの義娘である。

ウィニフレッドは、数か月前に、バイロイト(バイエルン州)のワーグナーの家と墓を訪問したヒトラーと対面。瞬く間にヒトラーの虜となり、一揆が失敗に終わってもその熱は冷めておらず、

「私たちは今まで以上にあなたへの深い愛を抱いています」

と手紙に書き記すほどだった。ウィニフレッドはプレゼントとして、夫であり作曲家のジークフリート・ワーグナーが書いたオペラ『マリーエンブルクの鍛冶屋』の台本や、下着、靴下、ソーセージ、本までも贈った。ヒトラーは嬉し気にオペラの台本を見ていたが、楽しみを中断

させられることが度々であった。次から次へと面会者が押しかけてきたのだ。贈り物や面会は禁じられていなかった。そればかりか、余りにも多い面会者に、刑務所職員が面会時間の調整をしなければならないほどだった。

「ヒトラー氏に会わせてください」

「私、ヒトラー氏のファンなのです」

時には、ヒトラーのファンだという通りがかりの人間が面会の要請をすることもあった。そうした人がやってきてもヒトラーは拒否することはしなかったが、愛想笑いを浮かべて、二言三言の雑談をして三分から五分でお引き取り願った。

クリスマスの頃には、異母姉のアンゲラが見舞いにやってきた。久しぶりの対面であった。さぞかし落ち込んでいるだろうと思って励ますつもりで刑務所を訪れたアンゲラだったが、弟は意外にも意気軒昂。

「腕はまだ痛むが、もう殆ど治ったようなものです。食事もしっかり摂っているので、体調も良い」

とにこやかに笑い、ジャーマンシェパードのヴォルフの頭を撫でた。先日、ペットを刑務所に入れても良いとする特別の許可が下りたのだ。ヒトラーはアンゲラよりも、ヴォルフ（狼）と名付けられたペットのほうに気をとられている風だった。三十分ほど話して、アンゲラは帰っていった。

「快方に向かっていて良かったわ。今度はゲリ（アンゲラの娘）も連れてくるわね」

との言葉を残して。

刑務所には、一揆に関与した者が続々と入所していた。ユリウス・シュトライヒャー（ニュルンベルク支部長）、ディートリヒ・エッカート（劇作家、ジャーナリスト）、そして一揆の際には自宅にいたドレクスラーも逮捕され、ランツベルクに収容されていた。エッカートは健康状態が悪化していたため、十日で釈放され、クリスマスの翌日に息をひきとった。エッカートは刑務所の中で、ヒトラーと顔を合わせることはなかった。かつては、エッカートの著作に強い影響を受けたヒトラーであったが、一揆前から疎遠になり殆ど会うこともなかった。

ヒトラーは、面会の時間以外は本を読み、一揆に関するメモを書きあげていた。裁判で戦うための準備をしていたのである。一九二四年二月二十二日、ヒトラーは警察の車に乗せられ、ミュンヘンの国軍歩兵学校として使われていた建物に連行された。四日後、この場において運命の裁判の幕が上がるのである。

＊

雪が舞うミュンヘン、歩兵学校の黒いレンガの建物の周りは、ピリピリとした雰囲気に包まれていた。国軍の分遣隊やバイエルン州警察が銃を持ち、厳戒態勢を布いていたからだ。身体に氷がまとわりついたような寒い朝、兵士たちは足を踏み鳴らし、時に手袋に息を吹きかけつつ、任務に就いていた。ヒトラーの支持者がデモを起こし、暴動に発展することを防ぐための巡視であった。

検問所も複数設けられ、入場者は身分証明書を二度見せなければいけなかったし、ボディチェックも行われた。ドイツの記者ばかりでなく、アメリカ・イギリス・フランスなどの記者も押し寄せ、傍聴席を占領したが足りず、廊下にある部屋があてがわれた。事務員や伝達係も大勢が出入りし、建物の中は、外とは逆に熱気で汗ばむくらいだった。

「ヒトラーは冒頭に数時間の演説を行うらしいぞ」

「一体、何を話すんだ。何をしても彼らはもう終わりさ」

ナチスに批判的な記者たちは、傍聴席に座り、ナチスは自滅するに違いないと口を揃える。

建物の外で歓声が聞こえた。何事かと思い、記者が飛び出てみると、一台の車から眼光鋭い一人の老人が降り立っていた。第一次世界大戦初期のタンネンベルクの戦いでロシア軍を破った英雄ルーデンドルフである。ミュンヘン一揆では、市内中心部にヒトラーと共に行進し、逮捕されていた。鉄兜をかぶっていた警備の兵士も、ルーデンドルフが前を通ると一層背筋を伸ばした。

歩兵学校の二階の個室に収容されていたヒトラーやエルンスト・レーム大尉なども、この時は広間の、白いテーブルクロスがかけられたテーブルで談笑していた。レームは一揆の際、軍司令部を占拠していたが、十一月九日午後、鎮圧軍に降っている。ルーデンドルフが広間に来ると、ヒトラーらは起立して出迎えた。

その後、彼らは二階の長い廊下をルーデンドルフを先頭にして歩き始めた。法廷に向かうためだ。ヒトラーは法廷（食堂を改装したもの）に入ると室内を見回した。ジャーナリストや傍聴人と思われる人々が押し込められるようにして、窮屈そうに椅子に座っている。熱気で汗をかいている者もいた。天井からはシャンデリアが吊るされ、窓からは弱い日差しが入り込んでいる。ヒトラーは正面を向くと、黒い生地で縁取られた裁判官席を睨みつけた。

暫くして、裁判長のゲオルク・ナイトハルトが入場してきた。ベレー帽をかぶり、ヤギ髭を生やしたこの男は、左翼に厳しく右翼に甘いことで知られていた。バイエルン州首相アイスナーを暗殺したファーライ伯爵を「人民と祖国への愛がある」として死刑から終身刑に変えたのは、このナイトハルトだった。

他にも裁判員が複数入場してきたが、その中にヒトラーの見覚えがある顔があった。ランツベルク刑務所でヒトラーと速記者を交えず、言葉を引き出した検察側のハンス・エーハルトだ。

刑務所で見せた温和な雰囲気とは違い、この日は緊張からか顔が強張っていた。そして裁判が始まった。

エーハルトは真剣な面持ちで立ち上がると、文書を手にし、一九二三年十一月八日と九日に何があったのか、目撃者や参加者の証言を基にしてクーデターの背景や経緯を淡々と語っていった。

「これまで申し述べたように、このクーデターには多くの参加者がいて、複雑極まりない。しかし、このクーデターは実質的には一人の男の仕業なのです」

ここまで語り終えると、エーハルトは一呼吸置いて、会場にいる者全員に話しかけるように力を込めて言った。

「ヒトラーこそ、この企て全体の塊なのです」

エーハルトは陳述が終わると席についた。ヒトラーはエーハルトの言葉を仏頂面で聞いていたが、頭の中では、

（企て全体の塊）

との言葉が反芻されていた。すると突然、検察側のシュテングライン州検事が立ち上がり、

「この公判全体を非公開にしたいと思うのですが、如何かな」

と非公開審議を要求してきた。

「クーデターの準備に関わる機密情報や、国軍のベルリン進軍の準備への関与が世間や海外に知れたらまずいことになる。ベルサイユ条約では、動員は禁止されている。条約違反が公になるのは、好ましくないのでは」

との理由からだった。それに対し、弁護人ロレンツ・ローダーは真っ向から異を唱える。

「両者に公の場で主張をさせなければ、大きな不公平となるでしょう。この裁判は、国民に向けて広く公開される必要がある。国民に向けたある種の公民の授業にならなければいけない」

お互いの言い合いが続いた後、ナイトハルト判事は、

「では、こうしましょう。いくつかの論題については非公開とし、いくつかは公開にする。証人や被告人もいつ審議を非公開にするかは、よく分かっているでしょうから」

と述べ、折衷案をとった。午後二時三十分、ナイトハルト判事は、

「ヒトラー氏、あなたの立場と本件への関わりについて陳述を願います」

と、ヒトラーを証言台に呼んだ。身体を伸ばすようにして立ち上がったヒトラーは、証言台へと歩みより、

「申し述べさせていただきたい」

丁重に語り始めた。黒いフロックコートには鉄十字勲章が付けられている。このような大勢の前で話すのは、久しぶりだ。しかし、心配は無用だ、何を話すか、既に準備はできている。

「私は被告としてではなく、告発者としてやって来た。今のドイツはカルタゴ（北アフリカにあった古代都市国家。紀元前一四六年にローマにより滅ぼされた）の終わりのような状態だ。国民社会主義ドイツ労働者党は、ドイツの救済という明確な目的のために設立された。自らが信じる理想のために立ち上がる権利、拳を使って妨害してくる者や真実の拡散を妨げる者に立ち向かい、それらを倒す権利を全ドイツ人は持つべきだ。

そして、人種問題（ユダヤ人）はドイツが直面する最も厳しい課題である。その問題の解決は、政府の役人によってなされるのではない。国民の情熱をかき立てられる火付け役によってなされうる。私は自分ができると分かっていることについては遠慮しない。

ワイマール共和国は、十一月の犯罪者どもの革命によって生まれた。マルクス主義者が主導した言語に絶する犯罪によって生まれたこの政府は違法である。現政権の違法性、それは議会政治による多数派支配、外国による占領、飢餓など多くの問題を解決できていないことからも明らかだ。多数派の決定はいつも軟弱だ。だから私は、現行制度を否定し、国家主義的で反議会の政府に替える決断をしたのである」

話し始めは、緊張したように話していたヒトラーだったが、言葉を繰り出すうちに、次第に饒舌になっていった。時に声を落とし、時に雷鳴の如く怒り、抑揚をつけて話すヒトラーに場内の聴衆は惹きつけられた。

「十六歳の若者の頃、私は日々のパンを自ら得なければならなくなった。ウィーンに行った時には社会的不公平、人種問題、マルクス主義という三つの重要なことを学んだ」

と幾分誇張して、静かに過去を振り返ったかと思うと、

「ユダヤ人、マルクス主義者の目的は国家全体の転覆だ」

再び声を荒げて叫ぶのであった。ヒトラーの「演説」は、あちこちに話が飛んだ。ヒトラーは裁判官の方を向いて言った。

「私は奴らにやらされたのだ。そう、カール、ロッソウ、ザイサーはクーデターの準備ができていると私に信じこませた。彼らは我々と議論した。クーデターの夜も、ルーデンドルフ将軍からの、協力してくれ、私と握手しようとの誘いに彼らは乗った。それは名誉にかけた誓いだった。にもかかわらず、彼らはその後、裏切った。この世の誰もがクーデターを期待していた。世間のムードは、そろそろ救済者が現れなければいけないというものだった。紳士方、我々の身になって考えて頂きたい。事件は不可避だったのです。仲間たちからも、いつ動くのだ、いつベルリンの連中を追い出すのだと言われていたのです。反逆罪は失敗したときにだけ罰せられる唯一の犯罪だ。だが、私は反逆行為はしていない。なぜか、一九一八年の裏切り者は反逆罪に問われていないからだ。我々の監獄は若きドイツの精神を導く光となろう。我々は

追放されてもやがて戻ってくる。私は裏切り者ではなく、国民のために最善を尽くしたかった一介のドイツ人である」

奔流のような独演はここで終わり、ヒトラーは席につく。日は既に暮れていた。ヒトラーの激流の如き演説を押しとどめる者は誰もいなかった。

「なんてすごい奴なんだ、このヒトラーという男は」

裁判員の一人は舌を巻いた。

＊

公判一日目にして、ヒトラーは早くも裁判を乗っ取ったかのようであった。一人で喋り続け、三巨頭（カール、ロッソウ、ザイサー）を「共同被告人」とし、自らを犯罪者ではなく、国のために命を賭した無私の指導者と印象付けることに成功したのであるから。

その後も裁判は続いたが、ヒトラーの次に注目されていたのは、ルーデンドルフの証言だった。五十八歳の第一次世界大戦の元総司令官は、クーデターにおける自らの立ち位置をどう説明するのか、関心が集まっていた。ルーデンドルフは、厳格な口調で終始話していたのだが、話は「君主制の復活」や「カトリック教会」などあらぬ方向に飛び、人々に「ルーデンドルフ

は耄碌した」と思われる有様だった。クーデターについても、

「私は一揆が起きた夜の時点で知っていることは何もなかった。自分の役割は受動的なものだった」

と語り、ヒトラーとの違いが際立つ証言であった。ヒトラーは人々に自分こそクーデターの最重要被告人であり「企て全体の塊」と思わすことに成功していた。右翼に甘いナイトハルト裁判長に、

「ヒトラーに何時間も好きなように喋らせるなどおかしい」

「判事は偏っている」

と新聞や政治家から苦情が出ることもあったが、ナイトハルトは、

「ヒトラーの口を封じることは不可能です」

と真顔で答えるしかなかった。裁判が開かれる度に、ヒトラーは三巨頭を非難し、被告のように扱ったので世論やメディアもそれに共鳴。シュテングライン州検事も、三巨頭の取り調べを表明する。検察側の証人として出廷する者を取り調べるという可笑しなことになった。

三月十日、ミュンヘンの気温は上がり雪が解け始めた頃、ロッソウらは、証言台に立った。ヒトラーも同席していた。バイエルン州の元軍司令官であるロッソウは、髪は薄くなっていたが、威厳のあるプロイセン将校という感じで、法廷に現れた。軍服ではなく、簡素な黒いフ

ロックコートを着たロッソウは、書見台に原稿を置き、左手をポケットに入れ、ゆっくりと話し始めた。

「私はベルリン進軍などに関心を持ったことはありません。そのような行動は、子供じみた考えです。仮に進軍したとして、衣食住がない準備不足の部隊は、すぐに野盗同然になったでしょう。私は確かに最初は、ヒトラー氏に強い感銘を受けていました。

しかし、それはすぐに薄れました。彼は、大演説のたびに同じ話を繰り返していることに気が付いたからです。ヒトラー氏の原動力は野心であり、彼は激しすぎる愛国心にも苛まれていた。私は彼に道理を説いたが失敗した。話をしようにも、彼が一人で一方的に話すばかり。意見しても聞きもしないので、全く効果もなかった。

ヒトラー氏は嘘をついています。彼は一揆の夜に、我々が名誉にかけた誓いを破ったと言っているが、それより以前にヒトラー氏こそが約束を反故にしている。そのせいで、このような裁判に繋がったのです。ヒトラー氏は、一揆は起こさないと我々に誓っていた。しかし彼はその約束を破った。ヒトラー氏は残忍な男です。彼から情という言葉を聞いたことはない」

法廷は静寂に包まれていた。ヒトラーは顔を赤くして、ロッソウの話が終わるのを待つ。続いて、フォン・カール(元バイエルン州総督)が、丸々とした顔を証言台の前に持ってきた。カールの声は低めで、何を言っているのか、半分以上の人は聞き取れなかった。

「記憶にない」

「それは、公務上の秘密なので答えることはできない」

下を向くような感じで、ボソボソ呟くだけであった。

カールの次には、州警察長官だったフォン・ザイサーが証言した。無駄な言葉は省き、

「私も初めはヒトラー氏を有能で注目に値する人物と見ていました。しかし、彼が単なる扇動家であり、異常な権力欲に憑りつかれ、無法なクーデターをやったことを見て、その考えも冷めてしまいました。私もヒトラー氏のベルリン進軍の考えを即座に斥けました」

と、ひと言ひと言、絞り出すように述べた。別の日、ヒトラーとロッソウが舌戦を繰り広げることもあった。

「ヒトラー氏は、一揆は起こさないという約束を破ったのだ。一揆を起こさないという約束を責められた彼は、その時、許して頂きたい、私は祖国の利益のためにやったのだと、そう答えたのです！」

ロッソウは、メガホンで叫んでいるかのように、大きな声でヒトラーを責め立てた。それに対し、ヒトラーも負けじと声を上げて、

「そうやって許しを乞うたのは、あなたが言うところの残忍なヒトラーだったのか？　それとも感傷的なヒトラーだったたか」

と問いかけた。

「いや、どちらでもない。やましさを感じたヒトラーだ」

ロッソウの答えを聞いて、ヒトラーは目を剥く。

「名誉にかけた誓いを破ったやましさを感じるのは、私ではない。それは中将、あなただけだ！」

この時も、法廷は静まりかえった。何しろ、元歩兵が公の場で中将を誓いを破ったと批判したからだ。

ロッソウはヒトラーのその一言を聞くと、書類をまとめ、一礼して法廷から去ってしまった。

さすがのナイトハルト裁判長も、

「酷い不作法だ」

と怒りを見せたので、ヒトラーは、

「叱責は受け入れますが、これは証人の発言に対する返答でした」

と皮肉交じりに答えた。ロッソウの勝手な退廷に対しては、後に六十マルクの罰金が課される。

裁判は終わりに近付いていた。シュテングライン検事はヒトラーに最低刑より三年長い八年の収監を求刑した。しかし最終弁論の中で検事は、

「彼らの行為は失敗に終わり、処罰に値する」

としながらも、

「ヒトラー氏は、偉大な党を創設し、ドイツの信頼を再び呼び起こそうという正直な努力をしてきた。これは、彼の偉大な奉仕である」

とヒトラーの半生を褒めたたえたのである。シュテングライン検事は、なぜヒトラーを称賛したのか。謎であるが、クーデターの「罪」を一身にかぶり戦っているヒトラーの人気は急上昇していたので、それにあやかろうとしたのか。ヒトラーの陳述を聞くうちに「純粋な愛国精神が彼にはある」と思い込んで、温和な弁論となったのか。

被告人の最終陳述においてヒトラーは、ビアホールで演説するかのように、勢いよくまくし立てた。

「我々の旗を持った多くの者が、戦った相手と団結するであろう。あの時、流れた血は彼らを分裂させない。我々が築いている軍隊は日々、成長するのだ。私は単に権力を握ること、大臣になることを目的としてはいない。それよりも、数千倍高い目標を持っている。私はマルクス主義の破壊者になりたい。それが私に課せられた使命であり、私はそれを成し遂げる。我々にいつか最終的な判決を下す法廷が現れるであろう。それは、あなた方ではなく、歴史という法廷である」

ナイトハルト裁判長は、最終陳述を聞くと、

「五日後の四月一日に評決を出す」

と宣言。そして当日、審判が下った。

「ヒトラーは反逆罪で有罪である。ランツベルクでの五年間の収監とする。二百マルクの罰金を課す。ルーデンドルフ氏は無罪。レームは反逆罪幇助で、禁錮十五ヶ月（即時仮釈放）、罰金百マルク。しかし、ヒトラーらは六ヶ月で仮釈放の資格を得ることになるだろう」

無罪判決に等しい、そう論じる新聞もあった。ヒトラーは、ルーデンドルフらと歩兵学校の前で記念写真を撮ると、ランツベルク刑務所に戻ってきた。

看守のヘムリヒはその時のヒトラーを「かつてないほど意気消沈している」と書いたが、裁判の疲れがどっと出たのであろうか。その日、ヒトラーは鞄から真白な日記帳を取り出すと、扉のページに次のように記した。

「卑しむべき偏狭と個人的怨恨の裁判は終わった。そして今日から、我が闘争が始まる。

ランツベルク　四月一日　一九二四年」

その頃、ドイツのルール地方の町ライトでは、一八九七年生まれの大卒の一人の若者が、ヒトラーの公判の模様を報じる新聞を毎日のように貪り読んでいた。そして、次のように日記に

書いた。

「ヒトラーは理想主義者で、新しい信念をドイツ国民に届けている。僕は彼の演説を読んでいるが、彼からインスピレーションを受け、空の星々へ運ばれたい。僕にとってはヒトラーだけがいつも重要だ。彼は確かにインテリではない。だが、彼には素晴らしい気力、気迫、熱情、ドイツ精神がある」

ボン大学やフライブルク大学で歴史と文学を専攻し、博士号まで得た若者だけあって、幾分、詩的な内容ではある。若者は、日記を書き終えると、椅子から立ち上がり、窓のほうに歩いていった。幼い頃、小児麻痺を患った影響で、右足を引きずるように歩いていく。窓辺に立つと朝日が彼を照らしたが、浮かない顔をしている。博士号を取得したは良いが、職が見つからず、両親の家に居候し肩身の狭い日々を過ごしていたからだ。若者は銀行に職を得ても、不況により僅か数ヶ月で解雇されていた。新聞社や放送局に就職しようとしても、門前払いされた。その中にはユダヤ系の会社もあった。

（どうすれば、このような生活を終わらせることができるのか。それを考えると頭が痛い。ユダヤ人でなければ、文壇にも、劇壇にも、映画界にも、ジャーナリズムの世界にも入れないようになっているのか）

若者は窓辺で頭を抱えて、ユダヤ人への憎しみを募らせていた。この若者こそ、ナチス政権下で宣伝大臣を務め、プロパガンダ（宣伝活動）の天才と称されたヨーゼフ・ゲッベルスである。ゲッベルスは一九二四年の末、ルール地方でナチスの拡大に努めていたカール・カウフマンと出会い、ナチスに接近することとなるが、ヒトラーと出会うのは、まだ先の話である。

＊

ランツベルク「要塞棟」二階の七号室で、ヒトラーの快適な刑務所暮らしが再びスタートした。窓からは野原や美しい山々を見ることができ、囚人同士の懇談も許されていた。ヒトラーは部屋に月桂樹のリースやフリードリヒ大王（十八世紀のプロイセン王。学問や芸術を愛するのみならず、プロイセンの強化に努めた）の肖像を二枚、壁にかけた。部屋にはストーブや鏡、バスルームもあり、何不自由なく暮らすことができる。労働の義務もなく、仲間と集まって食事も自由にできた。

部屋には相変わらず、ファンからの贈り物（食べ物や花）が続々と運び込まれて溢れていた。ヒトラーは甘党であったので、その中から焼き菓子やケーキを選び出し、籐椅子に座りながら、お茶とともに味わった。

リラックスしているヒトラーの前に、ハンフシュテングルが現れた。長い足を持て余すかの

ように組んで椅子に座ったハンフシュテングルは、ため息をついて、

「党の活動は停滞しています。新党首ローゼンベルクでは党をまとめることはできません。グレゴール・シュトラッサーやマックス・アマンそして私も彼には好意を抱いていない。ローゼンベルクは高慢で、話は退屈、カリスマ性もない。失礼ですが、なぜあのような男を党首に指名したのですか。党の亀裂は深まるばかり。このような状態を一体どうすれば収めることができるのでしょうか？」

と、ヒトラーを責めるように言った。ヒトラーは険しい顔で腕組みして聴きいっている。ローゼンベルクはモスクワの大学を卒業し、ロシア情勢に詳しいのでヒトラーもその意見には耳を傾けてきたが、実務能力や人望に欠け、党を分裂させていた。

一九二四年一月、ローゼンベルクは「大ドイツ民族共同体」を創設し、非合法のナチスの後継団体にしようとした。その一方で、グレゴール・シュトラッサーはアルブレヒト・グレーフェ率いる保守政党（ドイツ民族自由党）と関係を深め、同党に入党もしている。ドイツ民族自由党の幹部たちは、ヒトラーがいない隙にナチスの支持者を取り込もうと懸命になっていた。ナチス残党勢力とドイツ民族自由党は合流し、新たな政党を立ち上げるべきとの動きも見られた。この動きは、同年六月の「国家社会主義自由運動」の創設に繋がり、これにはルーデンドルフ将軍、グレーフェ、シュトラッサー、レームなどが参加することになる。

ドイツ民族自由党や国家社会主義自由運動は、積極的に選挙に参加し、支持を得ようという方針であった。ドイツ民族自由党とナチスの選挙協力体制は「民族主義＝社会主義ブロック」と呼ばれた。議会主義を否定するためには、先ずは議会に議席を持たなければいけないというのが彼らの目論見ではあったが、議会政治の打倒を主張してきたヒトラーは、選挙への参加に反対していた。

「我々の運動はまだ十分に成長していない。よって反議会という原則を守るべきであり、選挙は無駄な出費になるだろう」

と忌々しい顔で話したこともあった。しかし選挙協力の動きはとんとん拍子に進み、四月に行われたバイエルン州選挙では、民族主義ブロックが約十九万票を集め、第三党となった。五月四日の国会選挙では約一九一万票を獲得し、三十二人の国会議員を誕生させることができた。その中には、ルーデンドルフ、レーム、フェーダー、フリックらがいた。ヒトラーは最近の政治動向を頭の中で思い返したうえで、ハンフシュテングルの質問には直接答えずに、

「ローゼンベルクは忠実な男だ。だから後継者に指名した」

とだけ呟き、紅茶をすする。ハンフシュテングルには、ヒトラーが何を考えているのか、さっぱり分からなかった。

（このままでは、ナチスは崩壊してしまうだろう。具体的な指令も出さず、落ち着き払って紅

茶を飲んでいる時ではなかろう）

「総統、マックス・アマンがお会いしたいそうです」

男が突然、ヒトラーの部屋に入ってきて告げた。ハンフシュテングルは男の顔に視線を移した。見覚えのある太い眉毛が真っ先に視界に入ってきた。

「おぉ、ヘスではないか」

ハンフシュテングルは立ち上がって手を差し出した。ヒトラーの演説に感銘を受けナチスに入党、ヒトラーを「護民官」とも呼び崇拝するルドルフ・ヘスの姿がそこにはあった。

「お久しぶりです」

ヘスも手を差し出し、握手をした。ヘスはミュンヘン一揆後、逃亡生活を送っていたが、ヒトラーに判決が下ったのを見て自首、有罪判決を受けてランツベルクに投獄されていた。監獄においても、ヒトラーの秘書のような役割を果たしていた。

「元気そうで何よりだ」

ハンフシュテングルが笑顔でヘスの手を握りしめているのを横目で見ながら、ヒトラーは、

「アマンを通してくれ」

ヘスに命じた。すぐにヘスがアマンを連れてきた。アマンは一八九一年にミュンヘンに生まれ、第一次世界大戦ではヒトラーも所属していたバイエルン予備歩兵第十六連隊に入営してい

たこともある。ナチスにおいては党の機関紙『フェルキッシャー・ベオバハター』を如何に売るかを考えたり、「フランツ・エーア」という党の出版社の社長に就任していた。

「ボス、論文、読ませていただきました」

アマンは雑誌を手にして、興奮気味にヒトラーに向かって言った。この頃、ヒトラーは一部の者からは「ボス」とも呼ばれていた。アマンが手にしているのは、月刊誌『ドイチュランツ・エアノイエルング』(ドイツの再生)であり、ヒトラーはその一九二四年四月号に「十一月八日はなぜ起きなければならなかったのか」というタイトルで論文を寄せていた。ヒトラーは嬉しそうに笑みを浮かべ、

「どうだった?」

と感想を求めた。

「感銘を受けました。ドイツは生きるべきか死ぬべきかとの冒頭の問いかけも痺れましたし、政府が果たすべき役割を、自己のために平和を守ることではなく、国民を守り伸ばすことだとの主張も頷きながら読んでいました。また、マルクス主義、ユダヤ人、そして狡猾なフランスの毒牙から、ドイツ民族を救うには、武力外交が必要との見解も正論かと。ドイツ民族の危機を救うためにボスが立ち上がったことが、国民にもよく分かるかと思います」

アマンは、論文の頁をめくりつつ、一息で語り終えた。

ヒトラーは椅子から立ち上がり、

「我々の行動が正しかったか否かは、州検事や裁判所に決められるのではなく、いつの日かドイツの歴史によって決められるのだ」

論文の最後に書いたことを声に出し繰り返した。

「私はボスの文章をもっと読んでみたいと思いました。一冊の本にまとめてみては如何ですか。ボスのこれまで辿った人生や政策などを国民に広くアピールするのです」

ヒトラーの顔を窺いながら、アマンは言った。

「本を出版するか、それは良いな。売れるに違いない。私の兄は出版社を経営しているので、是非、そこから出してもらいたいですね」

ハンフシュテングルもヒトラーの顔を窺った。

「総統は特に夕食後、自らの世界観や政策などを熱く語られます。その熱弁が本になるかと思うと嬉しくてたまりません」

ヘスも熱い目でヒトラーを見つめた。一説によると、ヒトラーの長時間の一方的な独り語りが煩わしいので、それを回避するために、部下が本の執筆を勧めたともいう。一同の視線がヒトラーに注がれる。ヒトラーは少し気恥ずかしそうに顔を赤らめたが、真面目な顔で、

「考えておこう」

とだけ言った。しかし、ヒトラーの心の中では、本を書こうという気持ちは既に固まっていた。

「素晴らしい！　出版は是非、フランツ・エーアから」

「いや、兄の出版社もなかなかのものですよ。兄に出版の打診をしてみましょう」

アマンとハンフシュテングルの掛け合いが聞こえてきたが、ヒトラーの頭の中では、どのような文章を書くべきか、その構想が高速で練り上げられていた。

＊

ナイトスタンドが部屋を照らすなか、ヒトラーは木製の書き物机の前で、ドイツ製の古いタイプライターと睨めっこしていた。窓の外は闇に覆われ、近くの木々が不気味に佇立しているのが見えるだけである。ヒトラーは、タイプライターの文字盤を打ちはじめた。

「今日私は、イン河畔のブラウナウが、まさしく私の誕生の地となった運命を、幸福な定めだと考えている」

ヒトラーの脳裏に、オーストリアの美しい街並みが広がる。ヒトラーは続けて、

「というのは、この小さな町は、二つのドイツ人の国家の境に位置しており、少なくともこの

両国家の再合併こそ、我々青年が、いかなる手段をもってしても実現しなければならない畢生の事業と考えられるからである」

一気呵成に書き上げた。「ドイツ・オーストリアは、母国大ドイツに復帰しなければならない」「同一の血は共通の国家に属する」、ドイツとオーストリアとの合併を説いたヒトラーの頭に蘇ってきたのは、父・アロイスと母・クララの顔であった。父は相変わらず厳しい顔をして、こちらを睨んでいる。

「父は義務に忠実な官吏であり、母は家政に専念し、ことに我々子供たちにいつも変わらぬ愛情深い世話をしてくれた」

父との口論は、未だに頭にこびりついている。「彼は原則としては、息子もまた自分のように官吏になるだろう、是非そうせねばならないという意見を持っていた。自分で成り上がったものの誇りが、自分の息子も同じような、できればもちろんもっと高い地位につけてやろうとさせたのだ」

ここまで書き進めてきて、ヒトラーは頭を振った。

(いや、あの人は私の将来や出世のことなど考えていなかったに違いない。ただ、私を操り人形のようにしたかっただけなのだ)

そう思ったが、それをそのまま書くわけにはいかない。グッと堪えて、文字盤を打ち続けた。

「けれどもそうは行かなかった。私は当時やっと十一歳であったが、抗論せざるを得なかった。いやだ、どうしてもいやだ。画家に、芸術家になろうということが、生まれてはじめて自分の中ではっきりした」

画家志望であることを打ち明けた時の、

「絵描きだ？　芸術家だ？　断じていけない！」

父の人を馬鹿にしたような声音が頭中に響き、ヒトラーは身もだえした。

「十三歳の時、私は突然父を失った。脳溢血の発作が平素は非常に強健であった父に起こった。家族みんなを深い悲しみに沈めたまま、何の苦しみもなくこの世の旅を終えたのだ」

父が死んだ時、母は泣いていたが、ヒトラーはほっとしたような解放感に包まれたことを思い出した。父の暴力は少年ヒトラーの心を蝕んでいたが、もちろん、それは、この本には記さない。

「私は父を尊敬していたが、母を愛していたのだった」

ヒトラーの脳裏に浮かんだ父の側には、母が微笑みかけるように、それでいて、どこか悲し気な顔をして立っていた。母の苦しい闘病生活が、そして母の死がヒトラーには昨日のことのように思い起こさせる。だが、ヒトラーはその事に関しては、簡潔にこう記した。長々と書くには耐えがたい出来事だったからだ。

「初めからほとんど全治の望みのない長い、きわめて苦しい病気の結果だった。私には、特にそのショックは驚くほどだった。母が病床にあえいでいる時、私は美術学校の試験を受けるため、ウィーンへ向かった。母が亡くなった時、ある点で運命はすでに決定されていた」

ここまで書いた時、静寂に包まれている部屋のドアがノックされた。

「ヘスか」

ヒトラーはドアの方に向かって呼びかけた。

「はい、お茶をお持ちしました」

ヘスはドアを開け、机の上にカップを置く。スーツにネクタイ姿である。ヒトラーは、サスペンダー付き皮製の半ズボンと白シャツを着ていた。

(もう朝か)

書き物に熱中している間に、空が白み始めていた。夜型のヒトラーは、夜中から朝にかけて、考え事をメモしたり、スケッチすることが多く、それを知ったヘスは、毎朝五時頃になると、こうしてお茶を淹れてくれるのだ。ちなみに、ヒトラーは特別料金を払って、夜十時の消灯以降も部屋に明かりをつけ作業をしていた。

「本の執筆を始められたのですか」

ヘスは、タイプライターと机の辺りに置かれているメモ用紙を見て訊ねた。

「そうだ、深夜に書き始めたばかりだが」

ヒトラーはそう言って、お茶を啜った。ヘスは客人用の椅子に座り、自らもお茶を飲んでいる。

「若き日、美術学校の試験を受けるためウィーンへ向かったところまでを書いた。ウィーンに行った私は、朝早くから夜遅くまで名所を訪ね歩いたものだ。私の関心は建築物にあった。歌劇場や議事堂に何時間も立っていたものだよ」

ヒトラーは、ウィーンでの生活を思い出しているかのように、窓の外に目をやった。友人のアウグスト・クビツェクと歌劇場に通ったり、名所旧跡を探訪したことが鮮やかに蘇る。

（クビツェク、今はどうしているのか）

一方的に関係を断ち切ったことなど忘れたように、ヒトラーはクビツェクとの交流を懐かしんだ。

ヘスはヒトラーが話すのを興味津々といった感じで黙って聞いている。

「私は入学試験の結果に対して、自信を持っていた。

私は成功を確信していたので、不合格の通知は青天の霹靂だった。美術学校の校長は、私を画家としては不適格だが、建築家の才能はあると言ったが、私は打ちのめされたように、美術学校をあとにしたよ。

この頃、私は二つの危険について目が開かれた。マルクス主義とユダヤ主義だ。ある時、私が市の中心部を歩きまわっている時、突然、長いカフタン(長い前開きのガウン)を着た黒い縮れ毛の人間に出会った。これもまたユダヤ人だろうかというのが私が最初に考えたことだった。それから私は反ユダヤ主義のパンフレットや書籍を買い、ユダヤ人問題について調べ出した。そうすると、不正なことや破廉恥なことが行われたならば、それにユダヤ人が関係していることが明らかになったのだ。淫売制度や少女売買に対するユダヤ人の関係もウィーンではよく研究することができたよ。ユダヤ人が厚顔無恥な淫売業の仕事の支配人であることを初めて見たときは、ゾッとした。文化生活、芸術生活のあらゆるところにユダヤ人が入り込んでいたのだ。

私はマルクス主義についてもよく学んだよ。マルクス主義は人間における個人の価値を否定し、民族と人種の意義に異論を唱える、人間性の存立と文化の前提を奪い去ってしまう伝染病のようなものだ。マルクス主義は、人間が考えうる全ての秩序を終局へと導いてしまう。そして、ユダヤ人はこのマルクス主義を信奉している。ユダヤ人がマルクス主義的信条の助けを借りて、世界の諸民族に勝つならば、彼らの王冠は人類の死の王冠になるであろう。故に私は熱狂的な反ユダヤ主義者になった。人類の未来のためにユダヤ人と戦わねばならない。我が国民の魂を毒そうとする国際的勢力を根絶しにしてはじめて、我が大衆の国民化が成し遂げられよう。先の大戦時にユダヤ人に毒ガスを浴びせておけば、前線で多くのドイツ人兵士が失われずに済んだであろう」

　ヒトラーは、いつの間にか椅子から立ち上がり、拳を振り上げていた。ヘスはその姿を憧れの眼差しで見つめている。恍惚の時間が過ぎると、

「総統、そろそろお食事の時間です」

　ヘスが思い出したように呟いた。朝食の時間になっても、パンを食しつつ、ヒトラーの長談義は続いた。この日の朝食には、ドイツ闘争連盟の指導者でミュンヘン一揆に加わり投獄されていたヘルマン・クリーベルも同席していた。だが、クリーベルもヒトラーの話に耳を傾けるしかなかった。話に入り込む隙がないからだ。

「私が二十歳にもならない頃、傍聴者として衆議院の会議に出た時、私は不快な感情に包まれたことをよく覚えている。私は以前から議会を憎悪していたが、制度それ自体を憎んでいたわけではない。反対に自由な感情を持つ人間として、私はこれ以外に政治の可能性があるとは考えていなかった。だが、議会を傍聴し、眼下に展開されている光景を見て、憤慨せずにはおれなかった。居眠りする議員、アクビする議員、副議長でさえも退屈そうに議場を見回していた。議論の内容も意気消沈する内容だった。

　私は議会そのものを認めることができなかった。議会が何かを決議しても、その結果がとんでもないことになろうと、誰も責任をとらず、糾明もされない。罪のある政府が総辞職すれば

それで何かの責任をとったというのか。とんでもない話だ」

　ヒトラーは両拳をテーブルに叩きつけた。スープが少し零れた。ヘスもクリーベルも、いつもの事だというように驚きもせず、ヒトラーの顔を見ているが、こうして話が少し途切れた時に、パンをちぎり、スープを飲む。

「個々の指導者の責任が軽くなればなるほど、自分はあわれむべき程度のくせに、人並みに国民に対して不朽の努力を捧げるために招かれていると感じているのだ。実にくだらん。多数はいつも愚鈍の代表であるばかりでなく、卑怯の代表である。政治家たちの偉大さは、ますます低下し、小さいタイプのものが残るだけになる。議会主義ほど誤った原則はないのである。ウィーンは私にとって最良の学校だった。最良の洞察を仲介することができたのだから」

　ヒトラーはそう言うと、スープをスプーンで飲んだ。ヘスらも急いでスープをすする。しかし、話はまだ終わらない。

「大衆の心理は、全て中途半端で軟弱なものに対しては感受性が鈍いのだ。女性のようなものだ。かの女らの精神的感覚は、理性の根拠によって定められるよりも、感情的な憧れによって決せられる。それゆえ、弱いものを支配するよりも、強いものに身をかがめることを好むのだ。自由主義的な自由を是認するよりも、他の教説の併存を許容しない教説によって内心満足を感じるものである。次のことをよく覚えておいてほしい。世界における偉大な革命は、ガチョウの羽ペンで導かれるものではないことを。

宗教的、政治的方法で偉大な歴史的雪崩を起こした力は、昔から語られる言葉の魔力だけだということを。民族の運動はただ熱い情熱の流れによってのみ、転換させることができる。情熱はただ情熱を自らの中に持っているものだけが目覚めさせることができるのである。情熱のみが、ハンマーで叩くように民衆の心の扉を開きうる言葉を与えるのだ」

ヒトラーは又しても立ち上がり、片手を前に突き出した。ここは演説会場ではないので拍手は起きなかったが、言いようのない熱気は存在した。ヒトラーは満足したのか、席につくと食事に集中し始めた。ヒトラーの話が終わると、食事はあっという間に済んだ。ヘスは運動も兼ねて、木を切りに外に出た。

ヒトラーは、籐椅子に座り、読書に励んだ。今、読んでいるのは、ドイツの歴史学者オスヴァルト・シュペングラー『西洋の没落』であった。ヒトラーの部屋は本で溢れ、小さな図書館のようだった。二時間ほど読書した後に、ヒトラーは「要塞棟」にほど近い庭に出た。草地の片側には木々が並び、突き当りには小さな菜園があった。果樹の花が咲き乱れ、美しい。

一見、優雅で自由な環境に見えるが、塔の隙間からは監視人が覗いていた。ヒトラーは、木々を刈るヘスを見つけて、

「精が出るな」

と声をかけた。それに対し、ヘスは汗を拭きつつ、

「はい、とても健康的な活動ですよ。根っこから木を刈るのは。しかも、一時間で二十ペニヒ貰えるのですから」

と答えた。ヒトラーは、ほぉという顔をした後で、

「私も本の執筆が終われば、やってみようか」

薄っすらと笑みを浮かべた。そして、

「もうすぐ昼食の時間だ」

とヘスをランチに誘った。昼食の後は、昼寝をする者もいた。七時過ぎからは夕食が始まり、それが終わると散歩をしたり、お茶の時間となった。皆が寝静まる時間になると、ヒトラーはタイプライターに向かい合い、今日喋ったことなどを打ち込むのであった。

似たような日々が続いた後、ヒトラーの執筆環境に大きな変化があった。ベルリンの有名なピアノ製造業者の妻ヘレーネ・ベビシュタインからアメリカ・レミントン社の持ち運び式タイプライターをプレゼントされたのだ。ピカピカの真新しいタイプライターを前にして、ヒトラーの創作意欲は増し、執筆は順調に進んでいった。

それとは逆に、ヒトラーなきナチスは内部抗争と混乱の渦中に相変わらずあった。党の分裂を食い止めるにはどうすれば良いか、多くの者がヒトラーに助言を求めたが、その時、ヒト

ラーは驚くべきことを口にした。

「党は新しい活動方針を打ち出す必要がある。党の将来は武力によるクーデターではなく、投票箱のなかにある。私はこれが最良の活動方針だと信じている」

この発言に驚き、これまでとは百八十度見解が違うではないかという者に対しては、

「国内の情勢は激変したのだ」

と理由を述べた。クーデターの非現実性、民族主義ブロックの選挙での勝利、通貨価値も安定し、政治も安定の兆しを見せていた。ヒトラーはこうした情勢を冷静に観察し、これまでの方針をかなぐり捨てたのだ。もう一つ、ヒトラーは大きな決断をした。

「指導者たることをやめて、刑期が終了するまで一切の政治活動から手を引く」

実はヒトラーは一九二四年六月頃にはそう決めていたのだ。獄中に彼の意見を求めにやってくる人々の群れもヒトラーにとっては鬱陶しかった。思考が中断され、本の執筆が大幅に遅れるからだ。

「獄中への訪問は見合わせてもらいたい」

ともヒトラーは表明した。ヒトラーはこの時期、政治活動をなぜ放棄したのか？　ヘスは、確かにヒトラーが本を書く時間を欲しているのは知っていたが、理由はそれだけではないように思えた。

（総統は、外にいる者たちに、総統なしでは活動が機能しないことを示そうとしているのではないか。その方が近いうちに釈放された時、力を発揮できるだろう。求心力も高まる。自らが獄中にいる間は党がバラバラでいてくれた方が都合が良いのだ。もし強い指導者が出てきて党を纏めてしまえば、ヒトラーの出る幕はないが）

ある朝、ヘスの部屋のドアが急に開いた。ヒトラーが入ってきた。少し疲れた顔をしているのは、本の一節を書き終えてきたからだろう。ヒトラーは本の執筆がひと段落すると、ヘスの部屋を訪れ、今書いたことを一方的にまくし立てた。

「過剰人口の移民のために新しい土地や領土を求めることは、現在のみならず、特に将来を注視するならば無限に多くの利益があるだろう。このような領土拡大政策は、ヨーロッパにおいてのみ実現される。この地上が真に全ての人の生活圏を有しているならば、我々にも生活に必要な土地が与えられても良いはずだ。この土地は自然によって、元々ある一定の国民あるいは人種に未来のための保留地帯として残しておかれたものではなく、それを獲得する力を持つ民族のための土地であり大地であるということもまた正しいのである。いつかこの世界はもっと激しい人類の生存競争に晒されるであろう。最後には自己保存欲だけが、永遠に勝利を収める。この欲望のもとでは、愚鈍、臆病、人間性は太陽のもとの雪の如く溶けてしまう。永遠の闘争において人類は大きくなるのだ。永遠の平和において人類は破滅するのである。

新しい土地なくしては、国民の未来を確実にすることはできない。人々がヨーロッパの土地と領土を欲するならば、ロシアの犠牲でのみ行われたであろう。国民に日々のパンを与えるため、新しいドイツは再び昔のドイツ騎士団の騎士の道を歩む必要がある」

ヘスは、ヒトラーの身振り手振りを交えた独演を、耳を澄まして聞いている。ヒトラーの生活圏（生空間、生存圏）拡大の話を聞きながら、ヘスは師匠であるミュンヘン大学教授カール・ハウスホーファーを思い出していた。

ハウスホーファーこそ生存圏理論の主唱者であり、これまで度々、ヒトラーと面会していた。しかし、ヘスは二人の対面を見ながら、もどかしい想いにかられていた。二人ともよそよそしい態度に終始していたからだ。ハウスホーファーはヒトラーを（ろくに教育を受けていない者）と見下しているようだし、ヒトラーはハウスホーファーを（大学の牧師連中の一人）として軽蔑していた。数十分も話さないうちに、ハウスホーファーは独房から出ていった。

ヒトラーは急いで本を完成させようとして、焦っているようだった。本の題名についても、何にするか迷っていた。

「虚偽、愚行、臆病に対する四年半の闘争、というタイトルはどうだろう?」

ヘスに意見を求めることもあった。

「本のタイトルにしては、長すぎる気もしますが」

遠慮がちにヘスが言うと、ヒトラーは残念そうな顔をして押し黙った。どこから出版するかということも、ヒトラーの頭を悩ました。ハンフシュテングルは出版社を経営する兄に刊行を持ちかけてみたが断られていた。他に複数の出版社もヒトラーの本を出版したいと申し出ていたが、結局、ヒトラーはアマンに本の出版の権利を与えた。

ヒトラーは、十月上旬には仮釈放の資格が得られると踏んでいたので、釈放後、すぐに本を出版したかった。だが必ず釈放されるという保証はなかった。

「刑務所に放り込んでおけ」

「オーストリアに追放せよ」

との声もあったからだ。早期釈放を目指して、ヒトラーは極めて模範的に穏便に振舞ってきた。ライボルト刑務所長や看守たちとも仲良くやってきた。もし満期五年の服役となると、ヒトラーは完全に過去の人となり、政治生命は絶たれてしまう。それだけは何としても避けたかった。

ライボルト所長は、ヒトラーと何度も対面してきて「以前よりも分別があり落ち着いている。釈放されても大人しく振舞うだろう」と見なしていた。しかし、ミュンヘン市の警察などは「ヒトラーは国の内外の安全に対する永久の危険を体現している。釈放するべきではない」として、裁判所に警告文を提出していた。そうした抗議の声もあって、十月一日の釈放は潰えた。オーストリア追放の件は、オーストリア首相がヒトラーの受け入れを「ヒトラーは先の大戦でドイツ軍として戦ったのだから、もはやオーストリア人ではない」として拒否したことで実現しなかった。

秋の雨と霧がランツベルク刑務所を覆っているように、ヒトラーの気分は晴れなかった。

（私はいつ釈放されるのだ）

ヒトラーの憂鬱は、彼の「忠実な部下」（囚人）にも伝播し、ある者は、

「俺は何も疑ってはいない。けど、ボスだって計算違いや間違うことはあるだろう。その場合はどうするんだ」

とヒトラーへの疑念を口にした。ヒトラーのイライラが爆発し、ヘスに当たり散らすこともあった。

「彼は優れた設計者で建設者かもしれないが、技術については何も知らない。それなのに、そのことで僕を責めるのだ。僕たちの間はどんどん悪くなっていく」

ヘスはヒトラーとの関係悪化を手紙に記している。しかし、そうしたギスギスした空気は、十二月十九日で終わりを迎えた。バイエルン最高裁判所が最終決定を下し「直ちに釈放する」ことを公にしたのだ。

ミュンヘン警察や検事の反対を押し切っての決定であった。司法局が思想的に偏向していた

ことや、オーストリア政府のヒトラー受け入れ拒否が、早期釈放の要因であったろう。

同日午後十時、ライボルト所長は「要塞棟」七号室に現れ、ヒトラーにこう告げた。

「あなたはもう自由だ」

翌日、つまりクリスマスの五日前にヒトラーは釈放された。

「おめでとうございます」

「お元気で」

「別れはつらいものですね」

看守へムリヒを始めとする刑務所職員は一列に並び、ある者は涙を流しながら、ヒトラーとの別れを惜しんだ。ヒトラーはそれらの人々と握手をし、刑務所を出た。後にヒトラーは回想している。

「すべての人々が泣いた。が私は泣かなかった。我々は彼らを一人残らず我々の運動の味方につけたのだ」

十二月の風は、容赦なくヒトラーに吹き付けた。空は鈍い色をしている。

「寒い」

ヒトラーはひと言漏らすと、ナチスの印刷業務を請け負うアドルフ・ミュラーと、ヒトラー専属の写真家ハインリヒ・ホフマンが乗るベンツに身を投じた。暫く進むと、ランツベルクの市門が見えてきた。

「ここで降ろしてくれ」

ヒトラーは下車すると、ベンツのドアに片手をあて、ホフマンに写真を撮らせた。

「さっさと終わらせよう、ホフマン。酷く寒い」

ヒトラーは、城の入口のような市門を見上げ、自らの人生が再び始まることを思った。鞄には原稿がぎっしり詰まっていた。ヒトラーが書き進めた原稿の書名は、アマンの推薦により、後に決定をみることになる。その名は、

『我が闘争』(Mein Kampf)。

第８章

進撃の総統——ヨーゼフ・ゲッベルス

ヒトラーを乗せたベンツは、ミュンヘンの街を駆け抜けた。車中、助手席にいた写真家ホフマンがヒトラーに問いかける。

「これから、どうするおつもりですか?」

ヒトラーは言うまでもないといった表情で、

「最初からやり直しだ」

と即答した。

(まさか、再び車に乗れる日が来るとは)

感無量といった感じでヒトラーは目を閉じた。そしてすぐにカッと目を開くと、

「もっとスピードを出してくれ」

運転手のアドルフ・ミュラーに命じたが、

「いやです、あと二十五年は生きていたいですからね」

笑顔で拒否された。ヒトラーが微苦笑して窓外を見ると、いつの間にかオートバイ部隊が車の周りを囲み、護衛している。ベンツがヒトラーの小さなアパートの前に停まった。アパートの周りには熱心な党員たちが今か今かとヒトラーを待ちうけていた。ヒトラーは党員と握手を交わし、軽く雑談した後に、階段を駆け上がった。登りきったところで、ヒトラーは転倒しそうになった。一足先に帰っていた愛犬ヴォルフが飛びかかってきたからだ。ヒトラーが愛犬の

頭を撫でてから共に部屋に入ってみると、花や月桂樹の花冠が飾られ、テーブルには食物やワインが置かれていた。党員や隣人が賑やかに祝杯をあげているなか、ヒトラーは硬い表情で物思いに耽る。

（投獄は、それまで直感的に感じていたに過ぎなかった様々な概念を深める機会を私に与えた。ランツベルクは国費による我が大学であった）

珍しくビールを飲みほしたヒトラーは、尚も考察を続ける。

（十二月の選挙では、民族主義＝社会主義ブロックは得票数を激減させている。議席の半数も失くした。我が党は依然として非合法政党だ。党内対立もある。これを如何に纏めるかが重要だ）

宴は終わった。党員を見送るために外に出ようとした時、ヒトラーは一瞬、躊躇した。

（勝手に外に出ても良いのか）

自由度が高かったとはいえ、監視の目が光り、何事も許可が必要だった獄中生活が長かったので、ヒトラーは何をするにも誰かの許可が必要な気分に陥っていた。現実がまだ受け入れられないのだ。このままではまずいと思ったので、数日間、誰とも会わずに部屋の中だけで過ごし、頭のなかを整理し、「現実感覚」を取り戻すようにした。

そして十二月二十四日、雪の舞う日に、ヒトラーはハンフシュテングル家を訊ねる。イザール川対岸にある広い新居の側には、ノーベル文学賞を受賞した作家トーマス・マンが住んでいた。ヒトラーが家に入ると、飛び出してきたのが、四歳になるエゴンであった。

「ドルフおじさん」

エゴンがヒトラーに抱きついたので、ヒトラーも、

「良い子にしていたね」

と言い、頭を撫でてやった。その様子をハンフシュテングル夫妻が微笑んで見つめている。

「ヒトラーさん、かなり太りましたね」

ヘレナがヒトラーの身体を見て、びっくりしたように口に手を当てた。ヒトラーは収監中、ろくに運動もせずに、甘いお菓子などを食べていたので、体重が五キロ増えて八十キロになっていた。青いスーツが張り裂けそうだ。バツが悪そうな顔をして部屋に上がると、

「『イゾルテの愛の死』を聴かせてほしい」

ヒトラーはハンフシュテングルに頼み込んだ。『イゾルテの愛の死』は、ワーグナーの楽劇『トリスタンとイゾルテ』中の楽曲である。ハンフシュテングルはいつものようにピアノの前に座ると、華麗に指を滑らせた。中盤になると、リラックスしているのか、ヒトラーは目を閉じて聴きいっていた。

「いや、素晴らしい」

演奏が終わると、ヒトラーはハンフシュテングルの腕前を褒め、新居の内装についても、素敵だと称賛した。

「君たちは私の無二の親友だ」

ヒトラーは気分良く頷きながら言う。テーブルには七面鳥料理やデザートやワインが並べられている。それらの料理をヒトラーはよく食べたが、ワインにだけは手を付けなかった。

「ヒトラーさん、ワインをどうぞ」

ヘレナが勧めても、

「体重を絞るために、肉とアルコールを絶っているのだ」

として口をつけなかった。甘いデザートや七面鳥料理を食べたのなら、ダイエットも効果はなかったであろうが。夕食後には、プレゼントの交換が行われ、またハンフシュテングルによるピアノ演奏が始まる。軍隊調の楽曲にヒトラーは興奮したのか、後ろ手を組んで、部屋のなかを歩き回り、大砲や機関銃の音、果ては機関車の汽笛の物真似を始めた。

「ドルフおじさん、凄い」

それが実によく似ていたので、エゴンは満面の笑みで、ヒトラーの物真似を聞いて、手を叩いた。晩遅くになってヴィルヘルム・フンクという芸術家がハンフシュテングル家を訪れた。フンクとヒトラーは旧知であったので、気軽に今後の展望を話すことができた。

「私は名声もない、地位もない、コネもない、そうしたところから這い上がってきた人間だ。そうした人間は、世間がその名もなき人を政治的方向性と同一視するようになるまで努力しなければならない。しかし今や、私はそこまで到達した。一揆も運動にとっては無駄ではなかったと思う。私はもはや無名ではない。それこそが、新たな出発の最大の基盤なのだ」

ヒトラーは、燃えるような目で、ハンフシュテングルとフンクを見ると、片手を顔の前に出して、吠えた。傍らでは、エゴンがスヤスヤと寝息をたてている。

＊

一九二五年一月四日、ヒトラーはバイエルン首相ハインリヒ・ヘルトと面会した。席上、ヒトラーは、

「私は州政府への忠誠を誓う。もう二度と一揆は起こさない」

と誓った。それに対し、ヘルトは眼鏡の奥からヒトラーの顔を覗きながら、

「時代は変わったのだ。一揆以前のような状況に戻ることを許容するわけにはいかない。合法的な政権が過去の革命家たちを対等なパートナーとして扱うこともない」

と頷きつつ言った。ヒトラーはヘルトの顔を真正面から睨んで、

「将来の政治闘争は合法的手段をもっておこなう。共に共産主義者との戦いに臨もうではありませんか」

呼びかけた。

「よろしい」

ヘルトは笑みを浮かべて、ヒトラーに同意する。ヘルトはその夜、

「野獣は飼いならされた。もう鎖を解いてやっても心配なかろう」

と周囲の者に漏らしたという。ヘルトの言葉通り、その年の二月十六日にはナチス機関紙『フェルキッシャー・ベオバハター』は発行を許可され、ナチスに加えられていた制限も解除される。ヘスをはじめとしてランツベルクに拘留されていたナチス関係者は釈放された。

その十日後、『フェルキッシャー・ベオバハター』は「新しいはじまり」と題するヒトラーの論説を載せた。「私は個人的、宗派的対立には関わりを持たない。過去の失敗から学び、責任をなすりつけ合うことは避け、将来を見据えるべきだ。党員は一致団結して、共通の敵であるユダヤ・マルクス主義を打倒しなければならない」

運動の目的の不変性と、党内の結束を呼びかけたのだ。

二月二十七日夜八時、ミュンヘンのビアホール・ビュルガーブロイケラー(ミュンヘン一揆発祥の地)において、ヒトラーの演説会が開催された。演説会の数日前には、ミュンヘン中に真紅

の宣伝ポスターが貼られたことも一因だろうか、午後半ばにはビアホール前には行列ができ、開演の二時間前には四千人の聴衆で席はうまっていた。千人以上が入りきらず、会場の外に出された。

すし詰め状態のビアホールに姿を見せない男たちもいた。ローゼンベルクは「ヒトラーの代理人」として、党指導を一任されてきたが、ヒトラー釈放後は親密な付き合いというものはなかった。ヒトラーがアマンやホフマン、ハンフシュテングル、エッサーと地方にドライブに出かけた時も、誘われていない。それに腹を立てていたローゼンベルクは、演説会のことを、

「私はそんな演芸会に参加する気はない。ヒトラーは我々に義兄弟の契りを交わさせようというのだろう。そんな事はお見通しだ」

と知人に語っていた。ローゼンベルクは自分はヒトラーに見捨てられたと感じていたのだ。

ヒトラーは獄中を訪問してくれたアントン・ドレクスラーに集会の司会を依頼したが、ドレクスラーは、

「司会を務める代わりにヘルマン・エッサーを除名してほしい」

と要求。

「エッサーは有能な男だ」

ヒトラーはそれを撥ねつけたので、ドレクスラーも集会には行かなかった。ドレクスラーは

ナチスが再建されても、それに加わろうとはしなかった。一九三三年に復党することになるが、政治的実権は無いに等しいものだった。ドレクスラーの拒否により、集会の司会はアマンが担当することになった。

ビアホールには興奮と熱気が充満していた。そこにヒトラーが現れ、通路を壇上に進んできたものだから、支持者たちはビールジョッキを振り回し、喜びの声をあげながら、お互いに抱擁した。ヒトラーは最初、静かな口調で、一九一八年以降のドイツの危機的状況を語り始めた。しかし、

「ドイツの苦境の主因はユダヤ人である。ユダヤ・マルクス主義を打倒するには、打倒という一つの目標に全てのエネルギーを注ぎ、分裂と不和を避け、唯一の敵（ユダヤ人）を攻撃する必要がある。民衆の偉大なる指導者の本質は、いつの時代も大衆の関心をただ一つの敵に向けさせ続けることにあるのだ」

と主張した頃には、髪を振り乱し、腕を振り回して語る絶叫調に変わっていた。

「鉤十字の旗のもとに集結せよ。二つの最大の敵、マルクス主義とユダヤ人を打倒せよ。六百万の偉大な国民が滅亡するはずはないと考えるのは、狂気の沙汰である。自己保存のエネルギーを失くすと滅亡するであろう」

ヒトラーは前列の党幹部席に目を向け、

「十字軍に参加するか、さもなくば今すぐ退場せよ」

と手を振りかざす。

「何人かがやって来て、私に条件をつけようとするなら、私は言うであろう。君よ、私が君にどのような条件を出すか、まぁ、待ってみたまえ。私は大衆に媚びたりはしない。我が党員諸君、判定は一年後にして頂きたい。それまでの私の行動が正しければそれでよろしい。私の行動が正しくないならば、私はこの職務を諸君の手に返還しよう。しかし、その時までは私一人が運動を指導する。私個人が責任を負う限りは何人も私に条件をつけない。そして運動において生じるすべてに対して、再び私は責任を負う」

顔を紅潮させてヒトラーは、話を結んだ。

「反目を葬り去ろう、過ぎ去ったことは忘れよう。運動内の争いに終止符を打つのだ」

ヒトラーの演説が終わると同時に、会場は、

「ハイル！」（万歳）

の声に包まれた。聴衆は男女ともに涙を流し、興奮した後列の聴衆は前に前に押し出してきた。会場の様子を見て、司会のマックス・アマンが叫んだ。

「争いを止めなければいけない。全てをヒトラーに！」

場内は歓呼に包まれた。昨年来、対立を深めてきた人々――エッサー、シュトライヒャー、

ブットマン、フェーダーらは、壇上にあがり、握手を交わす。バイエルン州議員団長のルドルフ・ブットマンは、演壇にて、

「フューラー(総統)が話すのを聞いた時、私のなかで突如として全ての疑念は消え去った」

感動の面持ちで語り、拍手を受けた。

「総統」

内輪ではヒトラーのことをそう呼ぶ者もいたが、以後、ヒトラーは公の場でもそう呼ばれることになる。

ローゼンベルク、レーム、シュトラッサーといった面々がなかなか成し遂げることができなかった党内融和を、ヒトラーは一夜にして成就させた。党に君臨する最高指導者として、ヒトラーは舞い戻ってきたのである。

*

ナチス再建集会の翌日(二月二十八日)、ワイマール共和国の初代大統領フリードリヒ・エーベルトが病死する。後任を選出する選挙に、ナチスのヒトラーは、ルーデンドルフ将軍を擁立。対立候補は、ルーデンドルフと同じく第一次世界大戦の英雄で、陸軍元帥のパウル・フォン・

ヒンデンブルク（七十八歳）であった。ヒトラーはかねてより、

「大統領に誰がなろうが関係はない。誰が選ばれようとも男と呼べるほどの者はいない」

と会合でも述べており、ルーデンドルフに期待もしていなかったが、あえて将軍に立候補を迫り承諾させた。ヒトラーはルーデンドルフに勝算はないと睨んでいた。結果は予想通り、ルーデンドルフの惨敗、第二代大統領はヒンデンブルクに決まった。選挙の結果を知った時、ヒトラーは驚いた顔もせず、

「これで良い。とうとう奴に止めを刺した」

と呟いたという。ルーデンドルフは壊滅的敗北を喫する、そうなればその痛手から立ち直ることもできず、政治生命は終わる。保守派のライバルが一人減るということであり、ヒトラーにとっては喜ばしい出来事であった。ヒトラーは精力的に演説を続けていた。そのなかにおいては、

「敵が自分の屍を越えて進むのか、自分が敵の屍を越えて進むかのどちらかだ」

「この次に闘争が私を倒すときには、私の屍を鉤十字の旗で覆ってほしい」

との不穏な発言が散見された。ヒトラーが着実にナチスを纏めあげていることも相まって、バイエルン州政府は三月上旬に開催予定の集会でヒトラーが演説することを禁止する。ヒトラーはそれに対し、

「我々と一緒に戦うことを望む者にはその権利がある。私はドイツ国民の自由のために戦うが、平和的手段で戦うとは限らない。武力に訴えることもありえる」

と警察官僚に抗議し、それによってバイエルン州において公開の場で演説することを禁じられるというお灸をすえられる。しかし、ヒトラーはめげなかった。ビアホールの演壇から、富裕な支持者の家庭に場所を移し、これまでと同じように演説を繰り返した。時に大声を出し、時に腕を振り回し、何時間もひたすら喋り続ける。「秘密集会」を渡り歩き、支持者に握手とキスを連発し、気さくに話しかける。市内の党員と親密な接触を成しえたことによって、ヒトラーの指導力は更に高まりをみせた。精力的なヒトラーとはいえ、何もかも自ら差配するわけにはいかない。一九二五年三月十一日、ヒトラーは北ドイツにおける党の再建をグレゴール・シュトラッサーに任せるとの指令を出した。グレゴールは当初は薬剤師として働いていたが、一九二〇年にナチスに入党。大きな体格と坊主頭が特徴的であるが、組織力にも優れ、ヒトラー投獄中は、北ドイツやルール地方で「国家社会主義自由運動」のもと多くの支持者を獲得していた。一九二四年には国会議員に当選した。

居酒屋にも出入りし、快活な彼は弁舌の才にも恵まれていた。グレゴールには五歳年下のよく似た風貌の弟オットー・シュトラッサーがいたが、オットーはヒトラーを指導者と仰ぐことに反感を抱き、入党していなかった。しかし、北ドイツでの党勢拡大を狙う兄から、

「片腕として働いてくれないか」

との頼みにより、一九二五年の春、オットーもついにナチ党員となる。シュトラッサー兄弟は、社会主義を信奉しており、工業地帯の労働者に働きかけることで勢力を拡大しようとしていた。一方、南ドイツのバイエルン、ミュンヘンの党本部は富裕層をターゲットにしていた。ミュンヘンの党本部は、運動全体を取り仕切ろうと目論んでいたが、北ドイツのナチス指導者からすれば、それは面白いことではなかった。

北ドイツと南ドイツのナチスの対立以上に、ヒトラーの頭を悩ませていたのは、エルンスト・レームに関する問題であった。レームは、ヒトラーの入獄中に突撃隊（SA）の残存勢力を基にして「フロントバン」という三万人ほどの準軍事組織を作り上げていた。しかも、レームはその組織を党に従属させることを嫌がっており、仮に党に従うとしても、組織の支配権は自らが掌握したいと思っていたのだ。これは、党において独裁体制を強固にしたいヒトラーにとって憂慮すべき事態だった。レームは党の再建集会にも参加していなかった。

四月中旬、二人は会談する。レームは肥満の身体を揺すりながら、

「党と突撃隊は分離すべきだ。自分の率いる部隊は非政治的な私兵として指揮を受けるべきだ」

との自説を展開する。ヒトラーも、

「いや、フロントバンは私の個人的権威を受け入れなければならない。君の行動は友情を裏切るものではないのか」

と主張し議論は平行線を辿った。友情を裏切るものとの言葉に激怒したレームは、顔を真っ赤にして何も言わず席をたってしまう。しばらくして、レームからヒトラーに手紙が届いた。フロントバンと突撃隊の司令官を辞任したいので、総統の書面による承認を求めたいとの内容だった。

（この私に、辞任をちらつかせ、圧力をかけようというのか）

ヒトラーは返事を書かなかった。四月末、レームは再びヒトラーに手紙を書いた。その末尾には、

「我々が共に体験したあの素晴らしくも困難な日々の思い出に、そして君の同志愛に感謝するとともに、君の個人的友情から私を除け者にしないようお願いしたい」

と書かれてあった。しかしそれでもヒトラーは無視した。業を煮やしたレームは、翌日、司令官と政治家の辞職を発表する。レームを孤立させ、それこそ「除け者」にして排除する、それがこの時、ヒトラーの望んだことであった。

「ヒトラーは何でも自分の思い通りにしたがり、根拠のある反対にあうと、すぐにカッとなって怒り出す。ヒトラーは他人に不愉快な思いをさせていることに気付いていないし、気まぐれ

と大袈裟な言葉使いに騙されるのは、彼自身と彼を取り巻く蛆虫どもだけだ。しかし、人間誰しも完璧ではない。彼には彼の偉大な素質がある。周りを見回しても、彼より上手くやれる人間は他にはいないだろう」

決裂直後、レームが知人に語ったヒトラー評である。

レームはヒトラーに対する激しい怒りを持っていたが、尊敬の心は未だ消えていなかった。一九二八年、レームは、ボリビア政府の招きに応じ、南米に旅立った。軍事顧問としての仕事を果たすためである。

ヒトラーと別れる時、レームはこう言って去っていったという。

「お前はいつか俺を必要とするだろう。その日が来たら朝六時に凱旋門（ブランデンブルク門）へ来い。そこには俺もいるはずだ」

*

ヒトラーは赤いメルセデスの新車を購入し、ハンフシュテングルらと農村が広がるバイエルンの田舎をドライブすることがあった。バイエルンの山岳地帯にあるベルヒテスガーデンも、ヒトラーお気に入りの地だった。

ヒトラーはこの地に予備の党本部を設けていた。

ベルヒテスガーデンから見て東側の山腹にあるオーバーザルツベルクのコテジにもよく滞在した。

ヒトラーはこのコテジで著書『我が闘争』の第一巻を仕上げた。『我が闘争』は一九二五年に第一巻が、翌年に第二巻が発売される。当初の売れ行きは五千部程度と、それほど芳しいものではなかった。ヒトラーの文章は悪文であったので、それらを編集・削除する必要があった。ハンフシュテングルもその作業に従事したのだが、削除しても、ヒトラーはその箇所をまた元に戻すのだった。執念深く、一つの世界観に凝り固まっているようだ。

ある時、ハンフシュテングルは、コテジの椅子に座りながら、ヒトラーにアドバイスをした。

「ヒトラーさん、世界を見ないで、世界観を身に付けることはできませんよ」

「演説禁止令のために時間もあると思います。是非、外国を旅行してみてはどうでしょう。四ヶ月もあれば、フランスやイギリスだけでなく、アメリカや日本、インドまで回ることができますよ」

アメリカのハーバード大学に留学し、ニューヨークに住んだこともあるハンフシュテングルは、ヒトラーが井の中の蛙にならないように、広い世界を見るように促したのだが、ヒトラーは紅茶が入ったカップをガチャリとソーサーに置くと、

「私がそんな事をしていたら、運動はどうなる？　私がランツベルクにいる間に党はガタガタだ。今は党の再建が急務なのだ。海外に旅行などしたら、将来のための新しい計画を多く抱えて帰国する羽目になる。君は随分、妙なことを考える男だな。私が彼ら外国人から何か学ぶことがあると思っているのかね？　それに私がなぜ外国語を学ばねばならんのだ。そんな興味も時間もないよ」

息をつかせず、憤然として語り終えた。ハンフシュテングルはかつて、ヒトラーに英語を教える役目を買って出ていたが、ヒトラーはそれについても拒否反応を示したのだ。

ヒトラーは、先日、ハンフシュテングルの妻・ヘレナからワルツを習うことを勧められたことも気に食わなかった。ヘレナはヒトラーに「社交的優雅さ」を身に付けさせたいと思っていたのだが、

「政治家にとってそれは価値がない」

ヒトラーは一蹴する。ハンフシュテングルが妻を庇うように、

「でも、ワシントンもナポレオンも、そしてフリードリヒ大王も、皆ワルツを楽しんだそうですよ」

援護射撃すると、ヒトラーは眉をひそめ、

「ワルツなど時間の浪費だ。馬鹿げている。彼らの帝国が衰退した理由の一つがワルツ狂いだ。

私はワルツなど嫌いだ」

頑として断った。この時のことをヒトラーはまだ根にもっているのだろうが、確かに党の再建のことで、ヒトラーは頭が一杯だった。

その頃、ヒトラーの目はグレゴール・シュトラッサーに注がれていた。グレゴールは、休みなく動き回り、支持者を訪ね、会議や集会に出席、党員数を着実に増やしていたからだ。一方のグレゴールは、一九二四年末にナチスに入党したばかりの一人の男のことが頭から離れなかった。

男は、晩秋であるにも関わらず、オーバーも着ずに、擦り切れた灰色のスーツで、片足を引きずりながら、面接の場に現れた。小さな体には不釣り合いな大きな頭には、異様な感じを受けた。貧弱な体は吹けば飛びそうであるが、部屋の椅子に座り、向かい合ってみると、茶色の大きな目に吸い込まれそうだ。男はヨーゼフ・ゲッベルスと名乗り、滔々と喋り始めた。

「私の信じるところでは、社会主義と国家主義を総合した思想がドイツを救うのです。グレゴールさん、あなたは真正の社会主義者でしょう。あなたは社会主義の理想と国家主義の情熱を併せ持っておられる。我々、国家社会主義者が遵守しなければいけないのは、この思想なのです。我々はドイツの労働者を、国家社会主義の陣営に獲得しなければならない。そうすれば、我々はマルクス主義を破ることができる。私もその仕事に尽力したい。ブルジョアのクズは、ゴミ箱に放り込めば良いのです」

ゆっくりと、しっかりした口調で話し、しかも声がよく通り美しい。身振り手振りを交えて、情熱的に話すゲッベルスにグレゴールは、魅了された。

(こいつは、使える男だ)

その時から、グレゴールはそう感じていた。聞けば、「劇作家としてのウィルヘルム・フォン・シュュッツ――ローマン主義演劇の史的考察」とのタイトルで博士号を取得しているし、読書家でもあるようだ。グレゴールもホメロス(古代ギリシアの詩人)の作品を原書で読む教養人であったので、馬が合うように思えた。グレゴールはゲッベルスに北西ドイツ大管区活動協同体の機関紙『国民社会主義便り』の編集を任せることにした。ゲッベルスの前に、この職に就いていたのは、ハインリヒ・ヒムラー(後のナチス親衛隊隊長)であったが、クビになり、政治活動だけでは食べていけないので、養鶏業に精を出すことになる。

ゲッベルスはグレゴールの秘書も兼務し、両者は親密さを増していった。機関紙の編集の仕事は、ゲッベルスを奮い立たせた。

「これで僕らは動脈硬化したミュンヘンのボスどもに対する戦闘手段を持つことになる。僕らはきっとヒトラーにも打ち勝てるだろう。何れはシュトラッサーが主導権を取る」

最初はヒトラーに期待を寄せていたゲッベルスであったが、グレゴールの飾らない人柄にいつの間にか引き寄せられていた。何より、ゲッベルスはヒトラーと会ったことがなかった。それは北ドイツのナチス支持者の多くもそうであった。

（ミュンヘンの党本部の官僚主義に対抗する。ミュンヘンではならず者どもが働いている。ヒトラーの取り巻きの馬鹿どもと戦うのだ。そして、労働者の主義主張を受け入れ、労働組合を擁護しなければならない。一度、ミュンヘンに行かねばならない。二時間だけでもヒトラーと話すことができたら、打ち解けることができるかも。どうしても彼に近付かなくては）

ゲッベルスはそう考えていた。ヒトラーが悪いというよりは、その取り巻き連中（アマン、シュトライヒャー、エッサー）がよくないのだと。

グレゴール率いる北西ドイツ大管区活動協同体の動きに、ヒトラーは内心では怒り心頭であった。だが、一九二五年十一月六日、ミュンヘンの党本部にゲッベルスが現れた時には、食事中にもかかわらずヒトラーは素早く立ち上がって、

「ゲッベルス君、会えて嬉しいよ。さぁ、座りたまえ」

手を握り、笑顔でほほ笑んだ。ゲッベルスをナチスに引き入れる役割を最初に果たしたともいえるカール・カウフマンが、ヒトラーに、

「彼は新しい党の機関紙の編集の仕事を大変よくやってくれています」

と紹介した。

長年の友人であるかのように、ヒトラーはゲッベルスをもてなした。加えてヒトラーの大きな青い目、そして微笑みは、ゲッベルスの心をあっという間に鷲掴みにした。ゲッベルスは、ミュンヘンの集会で演説することになっていたので、この時は、二言三言、話しただけだった。二時間の演説を終えたゲッベルスは、万歳の歓声と拍手を一身に受けていた。そこに現れたのが、ヒトラーだった。ヒトラーは壇上に昇ると、ゲッベルスの手を固く握りしめた後、三十分の短い演説を行った。その情熱、激情、ユーモア、アイロニー、様々な要素を散りばめたヒトラーの話を聞きながら、ゲッベルスは、

(王者たる全てをこの男は持っている。生まれつきの護民官か、未来の独裁者だ)

と圧倒される想いであった。その夜、ヒトラーとゲッベルスは、宿で遅くまで語り合った。

「総統、苦難の時代には預言者の怒りを備えた男が必要です。総統、あなたこそ、まさにその役割を担っておられる」

眠気など存在しないかのように、ゲッベルスは興奮して言った。ヒトラーも満更でもない顔をして、

「ゲッベルス君の演説も素晴らしいものだった」

お互いを褒め合った。ゲッベルスはヒトラーが自分の演説を聞いていたこと、更に評価してもらえたことを知って天にも昇る気持ちになった。上気した顔でゲッベルスは宿を出た。

（この人物に絶望を感ずるようなことは、僕には我慢できないだろう）

ヒトラーと対面した興奮状態のまま、そう日記に書いたゲッベルスだが、その裏で、ヒトラーが許容できないような行動を、グレゴールととっていた。党の綱領（一九二〇年）の修正に着手していたのだ。綱領草案は、一九二六年一月六日に完成する。それは、全ての土地の国有化、企業の国有化、農民への土地の分配を目指すものだった。独自の綱領作成など、ヒトラーが許すはずがなかった。

同年二月十四日、日曜日に党の全指導者をハンベルクに招集した。当然、グレゴールやゲッベルスも参加している。「重要な案件について、総統は討議したいと仰っている」との触れ込みだったので、何についての会議かは明らかにされていない。

ニコリともせずに会場に姿を現したヒトラーは、最初、外交政策や同盟関係、当時話題となっていたドイツの王室の財産没収の是非について話し始める。

「同盟という行為は、理想であってはならない。極めて政治的な問題である。どの国と同盟を結ぶのか。ドイツの仇敵フランスから距離をとるイギリスとイタリアが良いだろう。ロシアとの同盟など認められない。それは、ドイツが直ちに共産化することを意味し、国家としての自殺行為になるからである。ドイツの未来は、東方の植民地を獲得することではなく、ヨーロッパ内での植民地政策によって保証されるだろう。

今日、もはや王族は存在しない。ドイツ人あるのみである。我々は法に則して行動するのだ。旧王室の財産没収を主張する奴らは嘘つきだ。なぜなら、そのような連中は銀行や取引所にいるユダヤの大物を保護しているからだ。旧諸侯には彼らの権利でないものは何も返還されてはならない。しかし、彼らに属するものを彼らから奪うこともまた許されないだろう。党は私有財産制と正義を擁護するからだ」

ここで間をおき、ヒトラーは聴衆を見回し、特にグレゴールの顔を睨みつけた。左派的な思想を持つグレゴールもゲッベルスも、王室の財産没収に賛成であり、ソ連や共産主義者にも共感していた。ヒトラーは真正面を向き、断固とした口調で叫んだ。

「党綱領は我々の信仰の、我々のイデオロギーの土台であり、それに手を加えることは、我々の思想を信奉して死んでいった者たちへの裏切りを意味する。宗教対立を運動に持ち込んではならない」

言い終わると、ヒトラーは再度、グレゴールを激しい剣幕で睨んだ。グレゴールは余りの迫力に押されて、

「綱領の草案は、撤回しよう」

あっという間に震え声で約束する。ゲッベルスは苦虫を噛み潰したような顔をして、ヒトラーの言葉を聞いていた。

（ヒトラーとは何者なのだ？　反動主義者か？　イタリアやイギリスが同盟相手として相応しいとは、酷い話だ。王族の財産没収、法は法なりか。私有財産の問題には触れるなというのか。酷い話だ。綱領も今のままで良いだと。酷い！　グレゴールは正直でいい奴だ。神よ、この豚どもに太刀打ちするには、我々は余りに無勢だ。私はヒトラーを完全には信じられない。恐ろしいことだ、頼るものがなくなったことは。疲れ果てた）

ゲッベルスは、グレゴールと軽く言葉を交わすと、ヒトラーには何も言わず、逃げるようにして会場を出た。支持者に配られていた党綱領草案のコピーは三月に回収されることになる。

グレゴールの敗北であった。ヒトラーは、先ほどの演説の時とは打って変わって、満面の笑みで、グレゴールの前に現れた。そして、グレゴールの肩に腕を回すと、

「党の資金を利用して、君のような立派な人物に相応しいそれ相当な仕事を始めるんだな」

労わるように言った。グレゴールは困ったような顔をして、少し微笑んだ。

＊

一九二六年四月八日、ゲッベルスはヒトラーからミュンヘンに招待された。カウフマンと一緒に。

「ビアホール・ビュルガーブロイケラーの集会で演説をしてほしい。ミュンヘンに来てくれ」と言うのだ。駅に着くと、車が二人を迎えに来ていた。車はホテルへと直行した。ゲッベルスとカウフマンは、市内を一時間ほどぶらぶらし、ホテルに戻った。しばらくして、部屋の電話が鳴った。

「ゲッベルス君、よく来てくれた。挨拶がしたい。今からホテルに行こう」

ヒトラーからの電話であった。十五分でヒトラーは部屋にやって来た。いつにも増して、生気溢れる態度で、

「よく来てくれた。君を待っていたのだよ」

力強くゲッベルスの手を握った。ゲッベルスはハンベルクで、ヒトラーに挨拶をせずに立ち去った時のことを思い出し、後ろめたい想いにかられた。

「明日の夜の演説、よろしく頼むよ。君は雄弁家だ。きっと聴衆は奮い立つ。そうだ、私の車を明日、君たちに貸そう。昼にでもドライブしてくると良い」

ともヒトラーは言った。ゲッベルスは恐縮した顔をして、薄っすら笑みを浮かべた。

午後、ゲッベルスとカウフマンは、ヒトラーの車を借りて、バイエルン南部にあるシュタルンベルク湖を訪れる。百キロの猛スピードでのドライブは、気分を爽快にさせた。空は晴れ渡り、湖は太陽の光を受けて、鏡の如く輝いている。

（ここで、ルートヴィヒ二世が死体となって発見されたのか）

ゲッベルスは、光り輝く湖を見ながら、陰鬱な出来事を思っていた。第四代バイエルン国王・ルートヴィヒ二世は、建築と音楽に破滅的浪費を繰り返し「狂王」として名高い。ノイシュヴァンシュタイン城の建築、作曲家ワーグナーの招聘――家臣に愛想をつかされた王は廃位され、一八八六年六月、主治医とともに水死体で発見、謎の死を遂げる。

よく晴れていた空が急に曇り出したので、ゲッベルスは車に乗り込み、再び市内に向けて走り始めた。寄り道しながら、夜八時にはビュルガーブロイケラーに到着する。ヒトラーは先に会場に来ていた。多くの人々がテーブルにつき、飲食しながら開演を待ちわびていた。そして開会が宣言される。

ゲッベルスは登壇し、聴衆を眺めた。さすがのゲッベルスも、このような沢山の人の前で、演説するのは初めてであり、心臓は高鳴っていた。

「諸君、国民社会主義者、各人の第一の掟は何か？　それは何より愛するドイツだ。国民社会主義の自由の考えはどんな目標を立てたか？　実直に仕事をしている全てのドイツ人の民族共同体をつくることである」

ここで聴衆から拍手が巻き起こった。ゲッベルスは、左手の人差し指を立て、顔の側で動かしながら、

「労働者党は国家的でなくてはならない。民族の問題は国民の問題なのだ。本当に国家的な人間は社会主義的に考える。そして本当の社会主義者は最良の国家主義者である。今日のドイツの若者に欠けているものがある。それは理念と指導者だ。誰がドイツ民族の支配者たるべきか？　ドイツ民族共同体の中で最良でもっとも高貴で、もっとも勇敢な人物！　アドルフ・ヒトラーだ。ハイル・ヒトラー！」

熱狂した聴衆は、がなり立て、ビールジョッキをぶつけ合い、飲み干した。ゲッベルスが興奮状態から我にかえると、傍らにヒトラーが立っていた。そしていきなり、ゲッベルスを抱きしめたのだ。真近でヒトラーの顔を見ると、その目には涙がうっすら浮かんでいる。

（ヒトラーが、あのヒトラーが泣いている）

ゲッベルスは感激に浸り、幸福感に包まれた。立って歓声をあげている群衆のなかを、ゲッベルスは通り過ぎ、車へと乗り込んだ。

「ハイル！」

という群衆の叫び声がまだ耳に残っている。車はホテルの駐車場に滑り込んだ。ホテルのロビーに入ると、そこにはヒトラーが両手を広げて待っていた。

「ゲッベルスよ、素晴らしい。とても素晴らしい演説だった。君を食事に招待しよう」

ヒトラーはそう言うと、ゲッベルスの肩を軽く触り、先導した。二人は遅くまで語り合った。

「我がドイツ国民にデモクラシーという世迷いごとと戦うように教育し、権威と指導性の必要を認識させるようにすれば、議会主義という戯言から隔離しておくことができる。世界平和や和解、国際間の信頼性を哀れにも信じている国民を救う必要がある。世に正義は一つしかない。正義とは己自身の力である」

目に力を込めて語るヒトラーの話に、ゲッベルスは、魅了される。

「マルクス主義は、毒である。毒は毒をもって制する。つまり、男の鉄拳をもって倒すのだ。この運動には断固たる決意が必要である」

「なぜ、それほどマルクス主義を敵視するのですか?」

ゲッベルスは、かねてから疑問に思っていることを尋ねた。ヒトラーは、ドイツがマルクス主義のために如何にして先の戦争に負けたか、マルクス主義がどのようにドイツを支配しようとしたか、またドイツの政治を現に支配しているかを懸命に説いて聞かせた。聞いているうちに、ゲッベルスの心の中に、ぐらつきが生じてくる。全ての意見に同意したわけではないが、ヒトラーの見解も一理あると感じてきたのだ。そして、

（やはり、ヒトラーは偉大だ。私は彼を敬愛している。まるで父のようだ。彼の人格の圧倒的魅力、このような人と一緒なら、世界を征服することだってできる）

ゲッベルスは、ヒトラーのカリスマ性とその理念に頭を下げた。その夜は、興奮の余り眠る

ことができなかった。翌朝、ゲッベルスはヒトラーに花を手渡し、恍惚とした表情でミュンヘンから去る。

*

一九二六年五月二十二日、ビュルガーブロイケラーにおける党員総会において、ミュンヘン支部が運動全体を取り仕切ることと、ヒトラーが最高指導者として大管区指導者等を任命できることが決定された。また、党の綱領も変更することができないことも宣言される。

ゲッベルスはヒトラーに心を許してから、グレゴールやカウフマンと仕事をすることが、億劫になり始めていた。グレゴールにしても、ゲッベルスがヒトラーに会いに行き、親密になっていることは、何となく気付いていたので、ゲッベルスに信頼がおけなくなっていたのだ。奴はヒトラーに気に入られているという嫉妬もあったろう。ゲッベルスが、編集の仕事をして、成果を提出しても、グレゴールやカウフマンは、無表情に「御苦労」と言うばかり。ゲッベルスは家に帰り、悔しい想いを日記にたたきつけた。

「ここでは、誰もが僕に洟もひっかけない。まるで僕が何も仕事をしていないようだ。何か良からぬ企みがあるようで、僕の心は痛む。僕はカウフマンが影で糸を引いていると感じている。

この管区事務所全体がカウフマンの怠慢のために腐りきっている。このような集団がどうしてドイツを解放することなどできよう。僕の唯一の望みは、ヒトラーが僕を救い出して、ミュンヘンに連れて行ってくれることだ。全ては彼の決意にかかっている」

ゲッベルスは祈るような気持ちで、机に突っ伏した。六月下旬、カウフマンはルール大管区の指導者に任命された。ゲッベルスには何の音沙汰もなかった。

その年の七月三日・四日には、ワイマールで党大会が開催される。ここでは、ヒトラーが公に演説することが認められていたが、ひときわ人々の目を惹いたのは、右手を挙げて敬礼し行進する突撃隊三千五百名と、四月に創設されたばかりの親衛隊（SS）の姿であった。親衛隊の隊員は、髑髏の徽章を黒い帽子に付け、褐色のシャツを着て行進する。ヒトラーは、オープンカーのバックシートに立ち、差し伸ばした手を微動だにせず、閲兵した。

党大会の終了後、ゲッベルスはヒトラーにベルヒテスガーデンに招待された。そこで、ゲッベルスはヒトラーやその同志と共に、数日を過ごす。ヒトラーはゲッベルスらを前にして、一人で喋り続けた。

「新しい政略こそが重要なのだ。武器の力で権力を奪うのではなく、我々は選挙によって、敵対勢力を圧倒しなければならない。これは彼らを射殺することより、時間がかかるだろう。しかし、何れは彼ら自身の制度が、我々に成功をもたらしてくれるだろう。合法的過程は、全てゆっくりとしたものなのだ」

同志との寝食を共にした数日間は、ゲッベルスをますますヒトラーの手に引き付けることになる。ゲッベルスは日記にこう書いている。

「昼食の後で、我々は長時間、庭に座っていた。ヒトラーは我々に如何に政権獲得のために戦うかについて説いた。彼はさながら古代の預言者のように見えた。おりから、空に浮かぶ大きな白雲が鉤十字の形になった。光が空いっぱいにみなぎっている。あれは運命の表徴なのだろうか?」

ヒトラーは、ゲッベルスをベルリン大管区の指導者の地位に就けようと構想していた。十月末、ついにその命が下った。グレゴールは、党の宣伝部長に任命された。二十八歳、若輩のゲッベルスは、ベルリン行きを本当は拒みたかった。ヒトラーとミュンヘンにいたかったし、何よりベルリンは「赤いベルリン」と呼ばれるほど、共産主義者や革命家が多かったからである。このような場所で、党員を増やし、ナチスの勢力を拡大するのは至難の業であろう。ベルリンはシュトラッサー兄弟の本拠地でもあった。ヒトラーはあえて、そこにゲッベルスを送り込んだのだ。ゲッベルスの雄弁と知性に賭けたのである。

ゲッベルスが本当に就きたい役職は、宣伝部長であった。しかし、ゲッベルスは命を受けた。大管区指導者の地位は、得難いものではあったし、命令に背けば二度とチャンスは回ってこないように思えたからだ。二着の背広と数枚のシャツと擦り切れた鞄を持って、ゲッベルスは三等客車でベルリンに向かった。

（一つの光り輝く星が私を悲惨の淵から救い出して導いてくれる。私は命ある限り彼のものだ。ドイツは生き延びるだろう。ハイル・ヒトラー！）

ゲッベルスは両拳を握りしめ、闘志をみなぎらせた。

第9章

愛しき姪——ゲリ・ラウバル

駅長が発車を告げると、ゲッベルスが乗っている長い列車は動き始めた。ゲッベルスは鞄の中を開くと、一冊の本を取り出した。『我が闘争』――ヒトラーから贈られたものである。「序言」から読み始めたゲッベルスには次の一文が胸に沁みた。

「人を説得しうるのは、書かれた言葉によるよりも、話された言葉によるものであり、この世界における偉大な運動は何れも、偉大な文筆家にではなく、偉大な演説家にその進展のおかげをこうむっている、ということを私は知っている」

文筆に精を出してきたゲッベルスではあったが、その通りと、思わず膝を打ちたい感動にとらわれた。貪るように、読み進めるゲッベルスの心の琴線に触れる文章は他にもあった。「第六章　戦時宣伝」の一節である。

「宣伝は手段であり、したがって目的の観点から判断されねばならない。それゆえ形式は、それが奉仕する目的を援助することに適していなければならない」

「宣伝は誰に向けるべきか。学識あるインテリゲンチャに対してか、あるいは教養の低い大衆に対してか。宣伝は永久にただ大衆にのみ向けるべきである」

「宣伝の技術はまさしく、それが大衆の感情的観念界をつかんで、心理的に正しい形式で大衆の注意をひき、さらにその心の中に入り込むことにある」

プロパガンダ(宣伝戦)こそ、ベルリンにおいては重要になる、ゲッベルスはヒトラーの著書

を読みながら、その事を心に刻み込んでいた。そして、そのプロパガンダの目的は何か。それは偏に、

（大衆の獲得である）

ゲッベルスは本をいったん閉じ、通り過ぎる町々に目をやった。

（何が私を待っているのであろうか）

不安と期待、闘志が入り交じった感情は消えることなく、いつの間にか列車はベルリンの西南にあるポツダム駅に滑り込んだ。黄昏の空は灰色であった。ゲッベルスは無数の人が行き交う舗道を暫し眺めた後に、バスに乗り、ベルリンのナチス事務局へと向かう。街の裏通りの薄汚い地下室に事務局はあった。ゲッベルスが事務所のドアを開けると、正面の椅子には、でっぷりと肥えた頭の禿げあがった男が座り、

「確か先月の借金は……」

と独り言を呟きつつ、懸命に帳簿のようなものをつけている。机の周りには、大量の新聞紙が丸められて床に捨てられていた。ゲッベルスが、控室を覗き込むと、そこには数人の男たちが屯し、

「昨日は負けちまってよ」

「おっ、いくら負けたんだ」

煙草を吸い、酒を飲みつつ、ろくでもない話をしている。ゲッベルスは顔をしかめると、控室のドアを閉め、肥えた禿頭の男の近くに寄った。それでもその男は、側に誰もいないかのように、帳簿と睨めっこしている。すると、突然、控室の方から、ドタバタという音と怒声が聞こえてきた。ゲッベルスが急いで控室に舞い戻ってみると、博打の話をしていた男とは別の二人組が取っ組み合いの喧嘩をしている。

「お前の意見は間違っている」

「いや、俺のほうが正しい」

どうやら、今後の運動の進め方や国民社会主義の解釈についての論争となり、最後には殴り合いに発展したようだ。周りの者は、それやれ、そこだと、はやし立てるばかりである。ためいきをついたゲッベルスは、何も見なかったように、再び控室のドアを閉めた。

（ここは、阿片窟か）

これらの光景を見て、ゲッベルスは一つの決意を固めた。

（ここから引っ越す）

だが、その前にやるべきことがある、腕組みしたゲッベルスは肥満の男に、室内にいる者を全員集めるように依頼した。初めはポカンとした表情だった男も、

「新しいベルリン大管区指導者のヨーゼフ・ゲッベルスだ」

とのきつい声で重い腰をようやくあげた。暫く経つと、虚ろな目をした男たちがぞろぞろと、どこからともなく這い出してきた。彼らを見回したゲッベルスは、甲高い声で、

「ベルリン大管区指導者のヨーゼフ・ゲッベルスだ。今日から宜しく。皆の様子を見ていると、国民社会主義の解釈について、自己流で私的な意見を持っているようだな。国民社会主義とは何かについて、今日は講義しないが、主義主張が二分することはあってはならない」

と申し渡した。しかし、不満を持つ者が多数いるようで、

「納得いかない」

「突然、やって来て何だ」

などの叫び声も聞こえた。ゲッベルスは、叫び声が聞こえた方向に目をやると、

「過去と手を切って、最初から始めようではないか。

最初から始めよう、このスローガンのために一緒にやる気のない者は誰であろうと、容赦なく運動から閉め出す」

声を張り上げ、手も振り上げた。一同は、前の管区指導者シュランゲとは全く異なるタイプの男がやって来たとその時、感知した。シュランゲは本職が公務員であり、ナチスとの関係を断たなければクビにするとの圧力に、喜んで屈するような指導者であった。

「ベルリンの管区事務所は、借金だらけのようだな。組織の財政を健全にする必要がある」

ゲッベルスは、肥満の男がつけていた帳簿を取りあげ、手でパンパンと叩き、そしてこう付け加えた。

「今後、党員には毎月の分担金として、三マルクを出してもらう。失業者は半額としよう」

このゲッベルスの発言に対し、悲鳴に似たような声や、

「馬鹿も休みやすみに言え」

といった怒声があがった。やってられるかという不貞腐れた態度で、事務所のドアを蹴り、飛び出していく者も何人もいた。そういった様を見てもゲッベルスは、慌てるでもなく、平然としている。噂は噂を呼び、千人いた党員は、六百人に減少した。そのことを聞いても、ゲッベルスは、笑みを浮かべて、動じない。

一九二七年一月一日、事務所はリュッツォー街に移った。もう、煙草の煙が立ち込めることはなく、くだらないお喋りも聞こえない。穴倉のような地下室ではなく、事務所は二階になり、陽が眩しい。ゲッベルスは、陽の光を受けて、

(追随者のうちの粒よりが、党員にならなければいけない。我らの活動は今から始まるのだ)

深呼吸しながら想いを新たにする。ゲッベルスの当面の目標は、資金を調達することであった。そのためにやったことは、党費徴収の他に、有料の集会を開いたことである。

ベルリンに住んでみて、ゲッベルスは次のことを悟った。

（ベルリンは魚が水を必要とする如く、センセーション（驚きの事件）を必要としている。この町はセンセーションで生きている。そして目標を知らぬプロパガンダは皆、その目標を誤る。ベルリンは政治を心臓ではなく、頭脳で理解する。単なるセンセーションでは、ベルリンの人々の気を引くことはできまい）

大都市ベルリンにおいて、ナチスは無名の存在であった。

（しかし、今はそれで良いのだ）

ゲッベルスはタクシーの中で、腕組みして想った。白紙の状態だからこそ、いかようにも、宣伝を開始することができよう。

「ゲッベルス」

しゃがれ声の男が自分の名を呼ぶ。党の集会に赴くため、タクシーに同乗しているグレゴールであった。

「管区が借金を背負っている時に、お前がタクシーに乗るのは、贅沢ではないのか。しかも集会の開始時刻に大幅に遅刻しているではないか」

咎めるような口調で言った。それに対し、ゲッベルスは、

「あなたは、宣伝のことを余りご存知でない。僕はタクシー一台はおろか、二台は雇うつもりだった。我々は常に大衆の注目を惹かねばならぬのです。その事をお忘れになってはいけませ

ん。集会に遅刻しているのは、わざとです。なぜだか分かりますか？」

不服そうな顔と得意気な顔を織り交ぜて訊ねた。

「分からんな」

グレゴールは不機嫌そうに腕を組んだ。

「それは聴衆に期待を持たせるためです。僕はこれからも常にそうします」

タクシーが会場についてみると、ゲッベルスが言ったように、党員たちは待ちきれないといった風情で開演の報せを待っていた。ゲッベルスは会場についてからも、服の手入れをしたりして、すぐにはホールに入らなかった。演壇に昇ったのは、到着から十分以上経ってからだった。

「ベルリンの人々は、最初、我々を殴るかもしれない。侮辱し、中傷し、喧嘩を売ってくるかもしれない。しかし、それで良いのだ。彼らは必ず我々のことを噂し、話題にする。それこそが、我々の狙いなのだ。我々の目的は街頭を征服することにあるのだ。街頭こそ、我々を政権へ導く道だ。さぁ、行動せよ、諸君」

ゲッベルスのアジに聴衆は興奮し、集会は盛り上がりをみせた。グレゴールはゲッベルスを苦々しげに見つめる。ゲッベルスは常に、

（ベルリンの大衆を乗っ取り、意のままにしなければならぬ。大衆の獲得――まずは連中に

我々の名を呼ばせねばならない）

ということを考えていた。目的のためには、どのような手段もとるつもりであった。

一九二七年二月十一日、ベルリンの労働者が多く住んでいる地区にあるファルス・ホールにおいて、ゲッベルスは集会を開いた。ファルス・ホールは、共産党がいつも集会を開催する同党の牙城である。あえて、そこで集会を催したのだ。集会のポスターは赤で染められた。共産党のシンボルカラーを真似たのだ。

チラシには、

「ブルジョア国家は終末に向かっている。新しいドイツが作られねばならない」

と記された。これらは明らかに挑発行為であった。地区のナチス党員六百人は、集会が始まる前から、鉤十字の旗を持って行進させられた。その様子を憎々し気に睨む共産党員や支持者たちは、

「来るなら来い」

「眼にモノを見せてやろう」

「ぶちのめして、粥とスープにしてやる」

口々に言い合った。夜八時過ぎ、ゲッベルスが乗るおんぼろの自動車は、会場に近付いた。会場の周りには、既に人だかりができており、怒声が飛び交っている。ゲッベルスが車から降

りると、顔見知りの党員が近寄ってきて、

「ホールは既に警察によって入場が規制されています。ホールのなかは、共産党員が三分の二を占めています」

慌てた調子で伝えた。ゲッベルスは、

「望むところだ。それで良い」

呟くと、足を引きずりつつ、会場の中に消えた。会場はビールの匂いと、煙草の煙、熱気で渦巻いていた。むせかえるような匂いと、割れんばかりの叫び声が会場を破壊しそうであった。

ゲッベルスが人を押しのけ押しのけ、演壇にあがると、

「暴漢！」

「労働者殺し！」

忽ち、悪罵の嵐となった。ゲッベルスの周囲は、十名以上の突撃隊員や防護団員によって固められる。ゲッベルスが見るところ、共産党員は四百人ばかり。

一塊にならず、それぞれが分散して、怒鳴り声をあげている。

「議事日程に移れ」

一つのグループのリーダーらしき者が叫ぶと、周りの人々は、

「そうだ」

と唱和し、それが会場に広がっていった。

「討論の機会は、報告のあとにある。しかし、議事日程は我々が決める」

司会者の突撃隊員が野太い声を出し、対抗する。それでも共産党員の面々は、野次を止めず、集会の妨害を続けた。それを見たゲッベルスはベルリンの突撃隊長ダリュゲを傍らに呼び、

「引きずり出せ」

顎で指図する。長身の突撃隊長が、野次をやめない一団に迫っていくと、部下たちも後に続く。突撃隊は、椅子の上に立って叫び声を発している男を引きずり下ろし、演壇に引っ張ってきた。その時である。ビール瓶が投げられ、地面で砕け散る音がしたのは。それが引き金になったかのように、あちらこちらで、暴力の嵐が吹き荒れた。警察は制止しようとしたが、無意味だった。椅子は壊され、机の脚はむしり取られ、それが武器となった。様々なモノが宙を舞った。ゲッベルスの前には、見知らぬ若い突撃隊員が一人立っていた。彼も、手に持ったビール瓶を敵に向かって投げつけたが、しまいには彼自身が敵から投げられたビール瓶によって、頭をやられる。

彼は倒れ込み、頭から血を流していたが、すぐに立ち上がり、演壇上の水瓶を取り、放り投げた。それは敵の頭に命中した。

数百のジョッキが砕け散り、会場が血に染まってもゲッベルスは、冷厳として壇上に立って

いた。身をかがめたり、逃げ出そうという態度は一切見せなかった。

「負傷した隊員を壇上に」

ゲッベルスは周りの者に命じた。繃帯を巻いたり、担架に乗せられた隊員が次々と集められた。なかには大した傷でもないのに、担架の上で呻いている者もいたようだ。だが、人々は悲惨な光景に目をみはった。

「集会を継続します。報告者に発言を許します」

突撃隊長が叫んだ。会場は、幾分落ち着いてきていた。負傷者の運び出し作業が行われていたし、共産党員の中には、悪態をついて出て行った者がいたからだ。

「この勇敢な人々の手を私は握らずにはいられない」

ゲッベルスはそう言うと、腰をかがめ、担架に乗せられている、先ほど頭を負傷した若き突撃隊員の手を握った。

「私が今晩の議題について話すことができないのはお分かりだろう。これから、無名の若き突撃隊員について話すからだ。彼は集会の司会者を守るために赤色暴徒の中に瓶を投げ入れた。だが、暴徒からの反撃も激しく、彼の頭にこのビール瓶がさく裂した。彼は一瞬、転倒したが、再び立ち上がり、敵に瓶をお見舞いしたのだ。この勇気、讃えようではないか」

ナチ党員からは拍手が起こったが、まだ「赤色暴徒」の残党も残っているようで、

「豚はまだくたばらんのか」

「この三文文士！」

　ゲッベルスに対する嘲りも聞こえた。会場が再び騒然としてきたので、ゲッベルスは演説を中断し、会場の外に出た。ナチス側の負傷者は、聴衆の目に見えるところに置かれ、十分ごとに一人一人担架で運ばれていった。会場にいたナチスの党員や突撃隊員はゲッベルスが去った後にこんな会話を交わした。

「おい、ゲッベルスを見たか」

「見たとも。大したもんだ。大乱闘のなか、腕を組んで平然としていたな」

「あぁ、小柄だが度胸があるぜ」

「しかも、博士号を持つインテリ」

「博士！」

「博士は大した奴だ」

　この日以来、突撃隊員はゲッベルスのことを畏敬の念をこめて「博士」と呼ぶようになった。

　翌日、新聞はこの集会での騒乱を書きたてた。大半は批判記事だったが、無名だったナチスは一夜のうちに、ベルリン市民の脳裏に刻まれた。

ベルリン警視総監ツェルギーベルは、ナチスの暴力を犯罪と見なし、同年五月、大ベルリン地区でのナチスの活動を禁止した。警視庁から送られてきた封筒を見たゲッベルスは、中に何が入っているかを察し、未開封のまま命令書を突撃隊員に突き返させた。

「我々、国民社会主義党は、禁止命令を認めることを拒否する。そう口頭で伝えてくれ」

ナチスはその後、ピクニックやハイキングに名を借りて、政治集会を開くことになったが、ゲッベルス個人に対しても演説禁止令が下ったことによって、苦境に立たされた。ヒトラーと同じく、ゲッベルスにとっても演説は一つの「武器」であったからだ。如何に聴衆を湧かせるか、自らの感情は排し、ゲッベルスはその事のみに注力してきた。演説原稿を書き、何度も添削し、強調する箇所、間を置く箇所には印を付けた。身振り手振りをもって、美声を極限にまで振り絞り、語りかける。演説が終わった後、彼の体重は一キロから二キロは減っていた。禁止令が出た後に演説が見つかり、罰金を課されたこともあった。

演説原稿を書く手を止めて、ゲッベルスは今後、どのようにナチスを宣伝していくか、友人のユリウス・リッペルト博士と共に、時に自宅でピアノを弾き、貧しい夕食をとりながら、頭を絞った。答えが出るのはもう少し先であった。

五月一日、ベルリンにヒトラーがやって来た。党員のための演説会を開くためだが、これがヒトラーにとって初めてのベルリンでの演説であった。ミュンヘン近辺においては、ヒトラーは著名であったが、ベルリンにまでは未だその名は轟いていなかった。ゲッベルスはベルリンの中心部に古くからある娯楽施設クルー会館を会場に選んだ。当日、クルー会館には人が溢れた。

ヒトラーの咆哮は、彼の演説を聞いたことがないベルリン市民にとって衝撃だった。党員集会は大成功――壇上のうえで、ヒトラーとゲッベルスは固い握手を交わした。ヒトラーの微笑みをゲッベルスは、

（よくやった）

ヒトラーが無言でそう褒めてくれたように受け取った。

＊

夏のある日、血のように赤い文字で、

「攻撃！」

と書かれたポスターがベルリンの広告柱の至る所に貼られる。

「何だ」

「一体、これは何なんだ」

人々は、異様で意味不明のポスターに群がった。数日後、次なるポスターが貼りつけられた。

「攻撃は七月四日に始まる」

又しても人々は唸った。一体、これは何だと。二日後、最後のポスターが登場する。

「攻撃はベルリンのドイツ月曜紙である」

『攻撃』はゲッベルスが発案した個人的な新聞の名であった。編集者は、友人のリッペルト博士。演説ができなくなった今、ゲッベルスはポスターやビラ、新聞で活動の場を広げようとしたのだ。

(ポスターは印刷された街頭演説である)

広告柱に集う人々を見て、ゲッベルスは、ほくそ笑む。『攻撃』はその名の通り、ナチスに反対する者を攻撃した。先ず、標的となったのが、ユダヤ人のベルンハルト・ワイス警視副総監であった。『攻撃』は、ワイスの顔を漫画にしておちょくり、侮蔑した。繰り返し、毎週のように嘲った。ゲッベルスは、しかし、『攻撃』第一号を見た時、そのみすぼらしい状態にがっかりした。

(印刷されたチーズ包装紙のような小新聞、哀れな田舎新聞ではないか)

本人がそう思うのだから、『攻撃』はそれ程、売れなかった。ゲッベルスには、他にもやることがあった。

八月末にニュルンベルクで開かれる党大会の準備である。

（我々の党大会は全組織のための観兵式である。党の同志たちは皆、党大会に出席することを名誉と考えている。党大会は、役にも立たぬ討論に機会は与えない。党の統一、結束と闘争力、指導力を人々に示すために大会は開かれるのだ。新たな勇気と力を与えなければならぬのである）

ゲッベルスは、党員をニュルンベルクに輸送するために列車四台を借りる手配をした。全国の党員が組織され、東西南北から行進しながら、ニュルンベルクを目指す一大イベントである。

大会前日の夜は霧雨が降っていた。大勢の人々が褐色のシャツを着て集まり、街には楽隊の演奏が響いた。正午に大会が始まると、ヒトラーが親衛隊を従えて入場し、ひきもきらぬ歓呼に包まれた。指針報告の後に、党の政策を確定。夜十時には、松明をかざした突撃隊員が、ヒトラーの前を行進する。翌日も大会は続く。雲に覆われた空が、ヒトラーが現れた時、一変した。太陽が顔を覗かせたのだ。群衆がヒトラーの前を行進、多くの者が花を持っており、それを投げて喜びを示した。ベルリンの党員六百名、そしてナチスの青少年組織ヒトラーユーゲントの少年たちも行進した。ゲッベルスは、想った。

(若きドイツは行進する)

ハイル(万歳)! 幾千の人々が叫んでいる。夜になり雨が降り出したが、人々は興奮状態にあった。その後、党の指導者たちが演説し、熱狂のうちに大会の幕は下りる。

十月二十九日、ゲッベルス三十歳の誕生日に、演説禁止令は解かれた。そして一九二八年三月にはプロイセン政府はナチスの活動禁止を解除する。二十八年五月に国会選挙が行われるためである。ゲッベルスもナチスの候補として出馬することになった。選挙の結果、ナチスは全体で約八十万票を獲得、ゲッベルスは当選を果たす。ナチスは十二の議席を得たが、投票したのは党員に限られ、伸び悩んでいた。

ゲッベルスは当選後、『攻撃』に次のような文章を書いている。

「私は代議士ではない。私は国会議員不可侵権と無料乗車券の所有者に過ぎない。国会議員不可侵権の所有者とは、この民主的共和政府の下にあって、時には真実を語ることを許されている人間のことである。私は糞の山は糞の山と正直に言い、遠回しに政府などとは呼ばない。これはほんの序の口だ。これから我々がどんな面白い芝居を踊ってみせるか、乞うご期待。ショーは始まったばかりだ」

ゲッベルスは、国会に「敵」として、羊の群れに襲いかかる「狼」として乗り込むとも宣言している。当選の喜びに沸き、勝利のわめき声をあげ、事務所を駆けまわる党員を尻目に、ゲッベルスは野望をたぎらせていた。

＊

一九二八年八月、ヒトラーはオーバーザルツベルクに立つ山荘をヴァッヘンフェルトという未亡人から借り受けようとしていた。未亡人は山荘を売ることに乗り気ではなかったが、ヒトラーが山々が連なるその景色に惚れ込んだことを熱く語り、説き伏せたのだ。三十九歳にして初めて独立した家を持つことになったヒトラー。もちろん、ミュンヘンのティールシュ通りに借りている部屋にもこれまで通り住む。ミュンヘンの部屋は本棚と椅子と机、ベッドがあるくらいの簡素なものであり、ハンフシュテングル曰く、みすぼらしい事務員のような暮らしであった。

といって、政治活動で忙しいヒトラーは、オーバーザルツベルクの山荘にずっと居られるわけではない。また時に幹部を招いて会議をしようとも考えていたので、（料理や接客をする人、それを取り仕切る者も必要だ。三十後半になって、家族が周りに誰もいないのでは、党首としてのイメージにも関わる）

そう考えた時、ヒトラーの頭に浮かんだのは、一人の女性、アンゲラ・ラウバルであった。

（姉に頼もう）

思うが早いか、ヒトラーはすぐに異母姉に電話をかけた。アンゲラとは疎遠になっていた時期があったが、ヒトラーがミュンヘン一揆で敗れ収監された時には見舞いに来てくれるなどしたので、断続的に交流してはいた。アンゲラは夫を亡くした後は、息子のレオ、娘のゲリ、その妹フリードル、ヒトラーの妹パウラを育てるために懸命に働いてきた。当時はウィーンにおいて、ユダヤ人学生向けの食堂を運営していた。

（家事、料理も一流に違いない）

期待してヒトラーは、姉が電話に出るのを待った。

「はい、アンゲラですが」

「姉さん、アドルフです」

ヒトラーがそう言うと、アンゲラは驚いて、

「アドルフ！　元気にしているの？　どうしたの？」

と声をうわずらせた。

「お久しぶり。元気にしていますよ。ところで、今度、オーバーザルツベルクに山荘を借りたいんだ。それで、姉さんに頼み事がある。山荘に来て、その管理をしてくれないか？」

突然の依頼に、アンゲラは更に驚いて、

「えっ、山荘の管理！　急に言われても」

困ったような声を出した。

「分かっている。でもそこを何とかお願いしたい。もちろん、生活に困るような想いはさせない」

「でも、ゲリやフリードルもいるし」

「彼女たちも、一緒に連れて来たら良い。ここに住めば良いんだ」

アンゲラは電話口で考えているのであろう、少し間があいてから、

「分かったわ、行きましょう」

きっぱりと心を決めたように言い切った。

「ありがとう、姉さん」

ヒトラーは、嬉しくてたまらないと言わんばかりの声を出して、電話を切った。山荘ヴァッヘンフェルト・ハウスは異母姉の名義で借りることになった。なぜか。

別荘にかかる税金を逃れようとしたからだと言われている。ヒトラーの著書『我が闘争』は、まだベストセラーとはいわないまでも、数万部が売れていた。アンゲラはすぐに娘二人を連れてやって来た。

「よく来てくれたね」

ヒトラーは姉たちを山荘に招き入れ、席を勧める。一九一六年頃に建てられたこの山荘は、二階建て。一階には居間、食料貯蔵室、キッチン、メイド部屋、トイレがあった。二階には大きな寝室が二つと、小さな寝室が二つ、バスルームなどが存在した。

「わぁ、綺麗！　素敵ね」

アンゲラの娘・ゲリは、座席にも座らずに、窓に顔を押し付けるようにして、晴れわたる空と美しい山々を見上げた。

「そうだろう、よく見たまえ」

ヒトラーは席を立つと、ゲリの傍らに寄り、その肩にそっと手を置いた。

（美しい）

ヒトラーは、この時は景色ではなく、ゲリの風貌を見て、そう想った。ゲリ、本名はアンゲラ・マリア・ラウバルは、一九〇八年六月にレオ・ラウバルとアンゲラとの間に生まれた（ゲリはニックネーム）。ゲリの記憶の中に父はいない。公務員をしていた父は、一九一〇年に死んだからだ。不幸な境遇ではあったが、母の尽力などもあり、リンツの名門校アカデミッシェス・ギムナジウムに入学、そこで高校卒業試験に合格していた。

ヒトラーとゲリは、数年前にも会ったことはあった。が、ヒトラーからすれば、その時のゲリは未だ少女であった。ヒトラーがランツベルクに収容されている時に、アンゲラと一緒にゲリも来たことがあったが、十六歳のゲリは、一揆を起こして投獄されている叔父を興味深そうに眺めていた。悪い印象は持っていないようだった。ヒトラーも紳士的に振舞っていたからだ。エキセントリックな演説をするヒトラーと、普段のヒトラーには大きな落差があった。

ゲリのライトブラウンの髪が陽に照らされるのをヒトラーはじっと見つめていたが、思い出したようにゲリに訊ねる。

「学校はどうするんだね？」

するとゲリは余り乗り気がしないといった表情で、

「この秋からミュンヘンの医学の学校に通うの」

と答えた。

「ほぉ、凄いじゃないか」

ヒトラーは顔をほころばせたが、ゲリは、

「でも、大変そう。途中で挫折する気がするわ。私には他にやってみたいこともあるし」

と言い、母の方を見た。

「何をやってみたいんだね」

ヒトラーが興味深そうに聞くと、

「歌手よ。本当は歌手になりたいの。歌手になって、大きな舞台に立って、沢山の人の前で歌いたい」

「歌手?」

ヒトラーはキョトンとした顔をして、問い返した。アンゲラは、その様を見て、

「この娘は、また夢物語を話して。あなたが歌手になんかになれるはずないでしょ。第一、歌唱と音楽のレッスンを受けるお金もないし」

ため息をついた。

「そうね」

ゲリはシュンとして、うつむく。ヒトラーはゲリの肩をたたき、こう言った。

「医学の学校には行きなさい。でも行ってみて自分に合わないと思ったら、やめたら良い。歌手を目指したいなら目指せば良いじゃないか。費用は私が出してやる」

ゲリはその言葉を聞くと、顔をあげ、目を輝かせて、ヒトラーに抱きつき、

「叔父さん、本当? 有り難う! 嬉しいわ」

感激の声を部屋中に響かせた。

「あぁ、本当だとも」

ヒトラーはゲリの髪に優しく手を触れた。内心では少女から大人に変わりかけの天真爛漫な姪に抱き着かれて、心臓は高鳴っていた。

もちろん、ヒトラーとて、この歳になるまで女性経験がないわけではなかった。若い頃は、美少女シュテファニーに一方的に想いを寄せ、ついに叶わぬ恋となったことがあったが、近頃では好みの女性がいると、口説きにかかるまでになる。

一九二六年の秋に、ベルヒテスガーデンで出会ったマリア・ライター（通称ミミ）はその時、十六歳であった。美しい金髪をなびかせて、ミミは姉と、ジャーマンシェパードのマルコを公園で散歩させていた。

その時、公園に現れたのが、同じくジャーマンシェパードのプリンツを散歩に連れ出したヒトラーであった。お互いの犬が引き寄せられるように、戯れだした。

姉妹は、自分の家の近くにヒトラーという「有名な人」が引っ越してきたことは知っていた。

「こんにちは。アドルフ・ヒトラーといいます」

「こんにちは」

姉妹は驚きつつも、同時に挨拶する。ヒトラーはミミの若さと魅力的な金髪を一目見て気に入り、お互いの自己紹介と軽くお喋りした後に、

「ミミさん、よろしければ今度私とコンサートに行きませんか」

すぐにデートに誘った。ミミは、ヒトラーを上から下まで見回した。膝まであるブーツをはき、鞭を持った強そうな男が、上品な笑顔でこちらを向いている。あのアドルフ・ヒトラーが

目の前にいる！　ミミは、

「是非、ご一緒……」

手を差し出したが、姉がその手をはねのけて、

「ダメよ。ミミはまだ十六よ。ヒトラーさんは、かなり年上ですよね。そんな方と初対面でコンサートだなんて。ダメよ」

口を挟んだ。ヒトラーは、姉の剣幕を見て、これは無理だと観念したのか、その時は、

「そうですか。残念ですが、また」

退散する。ヒトラーとミミはその後も公園でばったり会うことがあった。その際、ヒトラーは好機到来とばかりに、ミミにこう伝えた。

「お姉さんと一緒に我が党の集会に来ませんか」

姉と一緒なら安心ということで、姉妹はナチスの集会に出かけた。それから、ヒトラーとミミは一層、親密な付き合いをするようになった。

「君はまるで森の妖精のようだ」

「私の可愛い子」

ヒトラーはミミを褒めて褒めて、褒めまくった。ミミは瞬く間にヒトラーの虜となり、当初は拒んでいたキスを湖の岸辺で情熱的にした。ミミはヒトラーとの結婚を考えるまでになった。

一方のヒトラーは女性との結婚など全く眼中になかった。

（私はドイツと結婚したのだ）

という気でいたし、政治家としてはまだ若いヒトラーが結婚すれば女性票が大きく減ってしまうと思っていた。政治や会合に明け暮れるヒトラーは、ミミと会う時間がかなり減っていた。代わりに手紙を送る程度であった。ヒトラーから何の連絡もない時、ミミの心は張り裂けそうだった。ミミの父親は、二人の交際に反対していたが、ミミは耳を貸さなかった。一九二七年三月、ついにミミはミュンヘンに押しかけ、ヒトラーと落ち会い、カフェで話す。ヒトラーは、

「私が新しい住居を手に入れたら、あなたは私のもとに留まらなければいけない。何でも一緒に選ぼう。絵画、椅子、机、私はすっかり計画をたてているんだよ」

優しいヒトラーの笑顔と言葉に、ミミは舞い上がったが、ミミがベルヒテスガーデンに帰ってからは、ヒトラーからは何の連絡もなかった。夏になって、姉からヒトラーがベルヒテスガーデンに来ていることを知らされた。

（なぜ、彼は私の所に来ないの）

絶望感に浸ったミミは、洗濯紐で自殺をはかったが、義兄に発見され、命をとりとめた。一九二八年の夏、ヒトラーはミミに「これまで、何らかの関係ができたことは一切ない。そう、現在もないし、以前にもなかった」ことを署名するように求めた。ベルヒテスガーデンの区域

裁判所からの文書であった。ミミは、思い出した。ヒトラーのペットのジャーマンシェパードが言うことを聞かず、鳴きやまない時に、ヒトラーがとった行動を。ヒトラーは、鞭を犬に繰り返し叩きつけ、物凄い剣幕で、

「言うことをきくんだ！　言うことをきけ！」

何度も怒鳴り散らしたのだ。犬が死ぬのではないかとミミが心配した程だ。ミミはそっと目をつぶり、文書に署名する。彼女はその夏、ホテルの経営者と出会い、すぐに結婚したが、一年ほどで離婚。次いでナチス親衛隊大尉と結ばれるが、戦時中に大尉は戦死した。

*

予想通り、ゲリに医学の勉強は馴染まなかった。最初の学期で学業を中断、歌手を目指してレッスンを受けることになる。高い月謝は、叔父のヒトラーが約束通り払うことになった。一九二九年、楽団指揮者のフォーゲルを雇い、個人レッスンも受けさせた。

その年の十月、ヒトラーはミュンヘンに新たなアパートを入手する。高級住宅が立ち並ぶボーゼンハウゼン地区、プリンツレゲンテン広場十六番地にあるアパートは、五階建てで、ヒトラーは三階部分に住んだ。それまで住んでいたアパートとは真逆の広々とした玄関ホールに

エレベーターまで備え付けられていた。

部屋は九つもあった。それまでヒトラーが住んでいた質素なアパートの家主夫妻も一緒に住むことになったが（家主の妻マリアは家政婦として勤務）、ゲリもケーニギン街のペンションから、この高級アパートの部屋に越してきた。ヒトラーの誘いがあったからだ。

「アルフおじさん、今日もフォーゲル先生のお宅にレッスンに行ってくるわ」

ゲリが部屋のドアを開け、ウキウキした声を出して告げると、ヒトラーは、

「あぁ、行ってきなさい。お前がワーグナーのオペラの舞台に立つ日を楽しみにしているよ」

ソファに深く腰掛けて見送った。

「アルフおじさんったら、気が早いんだから」

少しぽっちゃりした顔をほころばせ、ゲリが家を出たことを確認すると、ヒトラーは窓ガラスに顔を押し当てた。ゲリは白い服を着て、スキップするように歩いていく。そう遠くないところに、音楽教師フォーゲルの家はある。ヒトラーは急いでアパートを出た。ゲリの後をつけるためだ。

（私はゲリの父親代わりだ。ちゃんとやっているか、この目で見届けなければならん）

という使命感がヒトラーを支配していた。暫く歩き、フォーゲルの家の前に着くと、ヒトラーはこっそりと、玄関のドアを開け、中に入った。レッスンが始まっているのであろう、ゲ

リの歌声が耳に入ってきた。ヒトラーは目を瞑ってその声を聞いていたが、すぐにフォーゲルの怒声にかき消される。

「君はちゃんと練習してきたのかね！　声が全然出ていないじゃないか。声量が欠けているね」

ゲリはうつむいて、しょんぼりしながら、

「すいません」

涙声で言った。有名な歌手を何人も育成しただけあって、フォーゲルのレッスンは厳格であった。

「君はオペラ歌手になりたいと言っていたね。でもそれじゃ、なれないよ。むいてない！　練習量も足りない」

フォーゲルの投げやりな声を聞いて、ヒトラーはかつて自分がウイーンの美術学校で校長から画家にむいていないと断言されたことを思い出した。悔しい気持ちが蘇ってくる。ヒトラーは一歩また一歩と足を進めた。試験不合格の烙印を押され、美術学校の廊下をとぼとぼと歩いたように。物音に気付いたのか、フォーゲルがこちらを向き、びっくりした顔で、

「ヒトラーさん」

と叫んだ。その声を聞いたゲリも、後ろを振り向き、

「アルフおじさん！　どうして？　ここに」

驚きの声をあげた。一瞬、びくっとしたヒトラーだったが、すぐに威厳を取り戻し、

「勝手に入ってすまなかった。ゲリがちゃんとやっているか、心配でね。見に来たのだ」

ちょび髭を触りつつ、訳を話した。

「おじさん、そんな恥ずかしいことしないでよ。子供じゃないんだから」

ゲリは、照れ臭そうに下を向いた。

「それより、ゲリが歌手にむいていないとは、本当かね？　私にはそうは思えんが」

ヒトラーは、フォーゲルを責めるが、

「申し訳ありませんが、むいてないかと」

この音楽教師は断言した。ヒトラーは怒りがこみ上げてきて、

「そうか、もういい！　別の教師を探す。来い、ゲリ」

地団駄を踏むと、ゲリの手を取り、外に引っ張っていった。

「ちょ、ちょっとおじさん」

ゲリは慌てたが、抵抗する間もなく、引き出される。外に出てから、ゲリはヒトラーに訊ねた。

「どうして、あんなことをしたの？」

ヒトラーは少し息をきらせながら、

「責められているゲリを見て、昔の自分を思い出したんだよ。美術学校の校長から、お前は画家にむいていないと言われたことをね。でも私はその後、絵を描いてそれなりに食べていけるまでになった。校長の話を受け入れて全てを諦めていたら、絵で生活などできなかっただろう。若い芽を摘む教師からお前を救いたかったんだ」

ゲリの目を見て言った。

「アルフおじさん」

ゲリは両目に涙をためて、ヒトラーの手を握った。

「帰ろう」

ヒトラーとゲリは、曇り空のもと、二人でアパートへと戻った。程なく、ゲリの新たな音楽教師は、ハンス・シュトレックという人物に決まった。

*

十月上旬のある日、ヒトラーは写真家ホフマンの店に立ち寄った。演説の練習をした時の写真をチェックするためである。外はもう真っ暗だったので、明るい写真スタジオの中に入ると、目が眩しい。

　ホフマンはヒトラーに椅子を勧めると、自分は近くの机に置いてある複数枚の写真を手に取って、ヒトラーに手渡した。ヒトラーは真剣な顔付きで、写真を眺めていたが、部屋の隅のほうから、かさこそと物でも探すような音が聞こえる。そちらの方を見ると、丈の短いスカートをはいた女性が梯子に登り、戸棚からファイルを取ろうとしていた。ヒトラーが目をスカートに移すと、肉付きの良い尻が目に飛び込んできた。ヒトラーは女性の臀部を食い入るように見つめていたので、それに気付いたホフマンは、

「エヴァ、ちょっと」

　その女性に呼びかけた。はい、と返事をして女性は梯子から降りると、正面を向いた。少しぽっちゃりとした金髪の若い女であった。

「こちらはヴォルフ(狼)さん、そしてこちらが、我が店の有能な若いエヴァ嬢です」

　ホフマンがヒトラーに若い女性を紹介した。ヒトラーは最近、自分のことをヴォルフと言い出し、周りの者にもそう呼ぶように仕向けていた。中世ヨーロッパでは狼は、死や恐怖の対象であった。またアドルフ(Adolf)は、古ドイツ語で高貴なる狼を意味した。

「こんばんは、ヴォルフです」

　大きなフェルト帽を手に持つヒトラーは、微笑みながら帽子を脇にはさみ、立ち上がって手

を差し出した。

「こんばんは、エヴァ・ブラウンと言います」

エヴァも、快活な笑顔でヒトラーの手を握った。

「そうだ、エヴァ、食堂でレバーケーゼ(ソーセージの一種)とビールを買ってきてくれないか」

ホフマンは財布から紙幣を取り出すと、エヴァに渡した。エヴァはすぐに買い物をして、店に戻ってきた。

袋にはソーセージがどっさり入っていた。ヒトラーとホフマンはソーセージをつまみにして、ビールを飲み始めたが、エヴァはソーセージを手に取ると、ガツガツと頬張った。一本食べると、次のソーセージを手に取り、口に放り込んだ。ソーセージの端が口から出ている。

「君は面白い子だね、歳はいくつなのかね?」

ヒトラーは、エヴァのソーセージがはみ出た可笑しな顔を微笑んで見つめた。

「あっ、お腹が減っていたので、つい。十七歳です」

エヴァは慌ててソーセージを平らげ、頭を下げた。

「いいんだよ、もっと食べなさい」

ヒトラーは優しく言うと、ソーセージが入った袋を エヴァのほうに押しやった。エヴァは遠慮なくまた一本のソーセージを掴み、半分だけ口に含んだ。

「君は、いつからここで働いているの？」

「二か月ほど前からです」

そんな会話があった後で、音楽や芝居の話となった。国立劇場でやっている芝居の話がひと段落した時に、ヒトラーはエヴァの目をじっと見て、

「君は綺麗な青い目をしている。亡くなった母の目の色にそっくりだ」

遠い過去を振り返るように呟いた。エヴァはこくんと頷くと、ビールを少しだけコップに注ぎ、飲み干した。

「君はこの写真館の美しい人魚だね」

ヒトラーは、食事を終えて、両手を膝上に置き、ひと息つくと、

「外はもう暗い。私のメルセデスで君を家まで送ろう」

と言ったが、エヴァは顔の前で慌てて手を振り、

「いえ、大丈夫です。一人で帰れます」

きっぱりと断った。ヒトラーは、

「そうか、では気を付けて。ではまた」

清々しく言い、席を立った。ホフマンが見送りから帰ってくると、不思議そうな顔をして、エヴァに問いかけた。

「どうして断ったの？　このヴォルフなる紳士のことをエヴァは、誰だか分からなかったのかい？」

「はい、誰ですか？」

エヴァがあっけらかんと答えると、ホフマンは幾分不満気な顔になり、

「君は僕の撮った写真を見ていないんだな。ヒトラーだよ、我がアドルフ・ヒトラーだ」

机の上にあった写真をエヴァに見せつけた。それでも、エヴァは、

「ヒトラー？」

とキョトンとした顔付きでいる。名前くらいは聞いたことはあったが、どこの誰だか判然としない。ホフマンはため息をついて肩をすくめた。その夜、エヴァは家に帰ると、父親のフリードリヒ・ブラウンにすぐに訊ねた。

「ねえ、パパ、アドルフ・ヒトラーって知っている？　一体、誰なの？」

と。すると、フリードリヒは眉間に皺を寄せ、

「ヒトラーだって⁉　自分ほど頭の良いやつはいないと自惚れている青二才だ。つまらん男だよ」

吐き捨てるように答えた。フリードリヒは、ヒトラーの経歴を語り始めた。ナチス、ミュンヘン一揆そして投獄……エヴァは、父の言葉を聞きながら、今日自分が話したトレンチコート

を着たちょび髭男の姿を思い浮かべて、心の中でにやけた。

（かなり年上だけど、面白そうな人じゃない）

＊

一九二九年十月、ニューヨーク・ウォール街の株式市場は大暴落、いわゆる「暗黒の木曜日」の衝撃は、回復をみせていたドイツ経済を直撃する。米国資本の引き上げで景気は後退し、企業は倒産、農村も疲弊、失業者が続出するという危機に見舞われたのだ。一九三〇年一月には、失業者は三百万人以上にのぼった。経済崩壊とそれを収拾できないワイマール政府への民衆の嫌悪感は高まりを見せていた。経済危機を契機として、ナチスに引き寄せられていく若者たちが何万人も現れる。

「何千という工場が閉鎖された。ドイツの労働者は毎日飢えて苦しんでいる。そのうえ、ユダヤ人が人工的に食糧難を作り出している。政府の措置は国民には冷たく、真面目な労働者は食料が欲しければ盗みでもするほかない。私も他の人たちと同じで、経済が悪くなって何もかもなくした。だから一九三〇年初頭にナチ党に入党したのだ」

「赤い政府の政策、インフレと税金で生活基盤をまるまる奪われるか、それとも食料も満足に買えないほどの低賃金をそのうえ巻き上げようとする搾取者たちに支配されるか。それは嫌だ。そう考えた者たちが、愛国的な目標と社会改革の二つを掲げる国民社会主義ドイツ労働者党の旗印の下に集まっている」

若者はそうした理由でナチスに入党したが、賠償金支払い軽減案（いわゆるヤング案）に強硬な姿勢で反対するナチスが、当時、知名度や人気を上げていたことも特筆すべきである。ヒトラーやドイツ国家人民党党首アルフレート・フーゲンベルクは共同して、ドイツの賠償金支払い義務を廃棄することを求め、国民請願運動を開始、実業家でもあったフーゲンベルクからナチスには多額の資金援助が行われた。二九年秋の州議会選挙では、ナチスが躍進する。

「フリッツ・ラインハルト（オーバーバイエルン大管区長）の弁士養成学校はどうかね？」

ヒトラーは、ミュンヘンのアパートにゲッベルスを招いて、党の宣伝戦略の会議を開いていた。弁士養成学校とは、有能な弁士を育成するためのもので、商業学校校長の経歴を持つラインハルトが立ち上げたものだ。何千という会場で集会を開くには、多数の弁士がいる、ナチスが全国進出を果たすためには、有能な弁士が多く必要なのである。ちなみに、一九二九年一月、ゲッベルスはナチスの宣伝部長に就任していた。

「はい、私のベルリン大管区からも、候補生を何人か学校に推薦しました。すると、学校からは教材が送られてくるのです。演説作成のコツを記した教科書、練習問題集などが」

ゲッベルスは机のうえに、教科書や問題集を広げた。

想定問答集の問いがヒトラーの目にとまった。

「ある工場労働者があなたに賃金が低いと嘆きます。あなたはその人にどう答えますか？」

「この党がオーストリア出身の外国人を党首に据えていることがなければ、党に同感するのですが。あなたはこれにどう答えますか？」

ヒトラーはこの問いを見て、苦笑した。ゲッベルスは、

「集会の後の討論会では、聴衆からあらゆる質問が飛んできます。それに上手く答えられなければ集会は混乱してしまう。それを避けるために、あらゆる問答を想定しなければなりません」

ヒトラーが気分を害さないように、気を配りつつ言った。

「教科書だけで、有能な弁士が育つのか」

ヒトラーが疑問を投げかけると、ゲッベルスは、

「教材学習とともに、大管区における地元の弁士の直接指導もあります。私も先日、指導してきましたよ」

と言い胸を張る。弁士養成学校の修了者には「全国弁士」の称号が与えられ、一九三三年までに約六千人の全国弁士が生まれることになる。

「弁士は、選挙の勝利の大きなカギだ。何れは、あらゆる集会に弁士を投入することになろう」

目を輝かして、ヒトラーは教科書をめくった。

その時、部屋のドアが開いた。ドアの隙間から顔を覗かしていたのは、白い服を着たゲリであった。

「おぉ、これはこれはゲリ嬢。いつにも増して美しい」

ゲッベルスが立ち上がって挨拶すると、ゲリはニコリと微笑んで軽く礼をした。ヒトラーのもとに歩み寄ったゲリは、その耳元で、

「ドライブに行きましょう」

ささやいた。今は会議中だ、ここから立ち去れとでも怒るかと思いきや、ヒトラーは頷きながら、

「おぉ、ドライブか。行こう、行こう。ゲッベルスもどうだ、一緒に」

と言うと、立ち上がり、階下に降りた。このように、会議中であっても、ゲリの要望があれば、ヒトラーは仕事を放り出して、言うことを聞くことが度々あった。黒いメルセデスの後部座席に乗り込んだヒトラーは、運転手のエーミール・モリスに、

「モリス君、キーム湖に行ってくれ」

頼むと車はすぐに動き出した。ゲリはモリスの隣に座った。モリスは一八九七年生まれで、元来は時計工として働いていたが、第一次大戦後、ナチスに入り親衛隊隊員として、ヒトラーのボディーガード兼運転手をしていた。筋骨逞しく端正な顔立ちと、男らしい口髭は、さぞや青年時代から女性にもてたであろうことを証している。

「モリス君、誰か良い相手は見つかったかね？」

田園風景に目をやりながら、ヒトラーが聞くと、

「いえ、まだ」

独身のモリスは、ためらいがちに口ごもり、ゲリの方を向いて微笑んだ。ゲリもそれに気が付いてニコリとするのをゲッベルスは見た。

「そうか、それはいかんな。早く結婚したまえ。そうしたら、私は毎晩のように、君の家に夕食を御馳走になりに行くよ」

ヒトラーは上機嫌に笑うと、モリスの方を見やった。

若い女性を男性の党員に紹介しては、

「早く結婚したまえ」

というのが、ヒトラーの口癖でもあった。モリスはハンドルを持つ手を固くし、アクセルを踏んでスピードをあげた。目的地のキーム湖は、ローゼンハイムとザルツブルクの間にあり

「バイエルンの海」と呼ばれるほど大きな湖である。青く美しい水面を眺めていたゲリは、突然思い出したように吹き出すと、いたずらな目になり、

「この夏にもこの湖に来たの。アルフおじさんや、ヘスさん、ホフマンさんと一緒にね。私は湖に入って、おじさん一緒に泳ぎましょうよと誘ったの。するとおじさん何と言ったと思う？」

ゲッベルスやモリスを見回した。ゲリはヒトラーの声音を真似しながら、

「だめだ、政治家というものは水泳パンツ姿にはならないものなんだよ、ですって。ヘスさんも大笑いしていたわ」

と言い、無邪気に笑った。ヒトラーは少し離れたところに立って、湖を見つめていたので、ゲリが話す内容までは分からなかったが、笑い声だけは耳に入った。

ゲッベルスは、ゲリの笑い話を聞きつつ、愛想笑いはしたが、心から笑う気にはなれなかった。厳格な指導者が水泳パンツ姿になるというのは、ヒトラーが言うように宣伝戦略のうえからも、威厳を損ない、プラスにならないと感じたからだ。ゲッベルスの頭の中は、常に宣伝、宣伝、宣伝……ナチスの知名度を如何にしてあげるか、そればかりが占めていたのである。

＊

「どのような種類の宣伝がより有効で、どのような種類の宣伝がより効果がうすいか、ということを決定する理論的根拠はない。望ましい結果を生む宣伝はみな良い宣伝で、それ以外の宣伝はみな悪い、たとえそれが、どれほど面白そうなものであったとしても」

ベルリン大管区指導者であり、ナチス宣伝部長でもあるゲッベルスは「宣伝は常に目的のための手段である」との考えのもと、様々な奇策を打ってきた。新聞がナチスを「山賊」と嘲れば、集会のポスターに「山賊首領　ヨーゼフ・ゲッベルス」とタイトルを付けるなどは序の口。時には人の不幸さえも、宣伝へと昇華された。

一九三〇年一月十五日、ゲッベルスは、突撃隊員のホルスト・ヴェッセルが、共産党の準軍事組織（赤色戦線）の隊員によって銃撃されたとの報を得る。

「何だと！」

一報があった時、ゲッベルスは、怒りに任せて叫んだが、昂った気持ちが少し落ち着いてくると、

（ホルスト・ヴェッセル……あのヴェッセルが）

と絶句し、過去に刊行された新聞『攻撃』をめくった。

（あった！）

一九二九年九月二十三日の『攻撃』紙に目をとめたゲッベルス。掲載されているヴェッセルが作詞した歌を食い入るように見つめた。

隊旗を高く掲げ、隊伍をしっかり組んで突撃隊は進む
勇気をもってしっかりした足取りで
赤色戦線と反動に撃ち殺された同志が、魂となってわれわれの隊列の中を一緒に進む
褐色の部隊に道を開け！　突撃隊員に道を開け！
幾百万人の人々は希望に溢れて鉤十字を仰ぎ見る
自由とパンの日が始まる
最後の点呼のラッパが吹き鳴らされ我らはみな戦う準備を調えた！
やがてヒトラーの旗があらゆる街頭にひるがえる
隷従の時が続くのももう僅かだ

詩句から目を離したゲッベルスが、

「それで、ヴェッセルの容態は？」

周りの者に訊ねると、

「重傷のようです」

「フリードリヒスハイン病院に入院したとのこと」

素早く返答があった。三日後、ゲッベルスは、ヴェッセルを見舞ったが、顔全体が撃ち抜かれて歪んだ酷い状態だった。ゲッベルスの顔を見つめるヴェッセルは涙を流し、

「持ちこたえなければ……僕は喜んでいる」

呂律の回らぬ口で言った。ゲッベルスは涙をこらえながら、ヴェッセルの肩を二度さすると、すぐに病室を出た。

（赤の新聞は、この純粋な若者が売春婦のヒモだったと罵倒している。赤の奴らめ！　どうしてやろうか、散々踏みつけにしてやろうか！）

拳を握ったゲッベルスは、怒りを抑えきれない表情で、帰途についた。ヴェッセルは、エルナという娼婦と同棲していたが、下宿先の女主人が二人分の家賃を払うように要求すると、ヴェッセルは拒否。業を煮やした女主人は、赤色戦線の隊員へーラーに、ヴェッセルを懲らしめるように依頼。ところがこのへーラー、エルナと関係を持っていたので、恋敵のヴェッセルを殺害することを決意、下宿先に押し入り、

「恋の恨みを思い知ったか」

と喚き、銃撃したという。銃弾はヴェッセルの口を貫通した。ヴェッセルは痴情のもつれで撃たれたのだ。しかし、ゲッベルスには、そのような事情はお構いなしだった。集会では、

「隊旗を高く掲げよ……」

とヴェッセルの歌を作曲させたものを歌わせた。二月二十三日、ヴェッセルは死んだ。ゲッベルスは、病院に向かい、悲嘆にくれるヴェッセルの母を慰める。

（さようなら、勇敢な若者よ。君は我々とともに生き続け、我々とともに勝利するだろう）

病院のベッドに横たわるヴェッセルの、雪のように白く、細い手を握りながら、ゲッベルスは、次のことに頭を巡らせていた。

（葬儀をどうするか）

ヒトラーに葬儀に参列してもらい、告別の辞を述べてもらう、これが最善であると考えたゲッベルスは、先ずはヘルマン・ゲーリングに相談する。ゲーリングは、ミュンヘン一揆の際に警官隊から銃撃を受け負傷するも、民家に住むユダヤ人女性の介抱によって、命拾いをしていた。その後、オーストリアに移り入院、手術を受けるが、モルヒネを使用したために、術後、ゲーリングはモルヒネ中毒者に変貌する。禁断症状に苦しみ、身体は肥満体となった。一九二七年、政治犯の恩赦が行われたこともあり、ゲーリングは帰国、一九二八年には国会議員に当選していた。

「総統にヴェッセルの葬儀においでいただくのが最も良いと思うのですが、どう思いますか？」

ゲーリングは、ゲッベルスの問いかけに顔を曇らせて言った。

「ベルリンの状況は一触触発だ。総統の身の安全は保障できない。それはゲッベルス、お前も分かっているだろう。もし万一のことがあれば党は破滅する。党の国会議員はたった十二名。我々にはこれを利用するにはまだ力が足りない。もし総統がベルリンに来たら、共産主義者はいきり立つ。我々にはそんな危険を冒す余裕はないのだ」

腹をゆすりながら、ゲーリングは答えたが、ゲッベルスはヒトラーの来訪を諦めきれず、電話で依頼したが、ヒトラーも、

「風邪を引いていけない」

とにべもない返事であった。それでもゲッベルスはヴェッセルの葬儀を最大限に盛り上げようと努める。

三月一日、葬儀の日。ゲッベルスは墓の前に立ち、

「ホルスト・ヴェッセル」

点呼をとると、一人の突撃隊員が、

「はい」

と答えた。その声がかき消されるかと思わんばかりの叫び声が、最前からあがっていた。共産党員らが、

「ヒモのヴェッセルに最後のハイル・ヒトラー」

との横断幕を掲げ、気勢をあげ、石を投げつけていたのだ。

(下等な連中め)

ゲッベルスは横断幕を睨みつけたが、すぐに整列する突撃隊員に視線を移すと、絶叫した。

「墓を越えて進め、目指す先にドイツがある!」

突撃隊員は、ヴェッセルの歌を合唱する。共産党はヴェッセルはヒモとの大宣伝を行い、それに対抗するように、ナチスはヴェッセルを殉教者として祭り上げた。葬儀後、ヴェッセルの歌はナチスの党歌となる。そして、一九三三年以降は「第二国歌」的な扱いを受け、破格の出世をするのであった。

*

一九三〇年五月二十一日、ヒトラーは険しい顔をしてベルリンを訪れた。オットー・シュトラッサーと会うためである。ホテル・サンスウシに入ったヒトラーは、オットーが来るまで、

部屋を動き回りながら、過ごした。

（あれほど、あれほど言ったものを）

　両手を後ろに回し、忙しなく、あっちへ行ったり、こっちに来たり、眉間に皺を寄せたまま、動き続けた。その年の四月、オットーは、ザクセンの金属工業労働者のストライキを支持する動きを見せたのだが、それによって工業経営者側がヒトラーに対し、オットーの行為を否認しなければ寄付金は出さないと圧力をかけてきた。ヒトラーは、ストライキを支持してはならないと強く命じたが、それでもオットーは、自らが持つ新聞で書きたいことを書いた。これに我慢ならないヒトラーは、オットーを説き伏せようと、ベルリンのホテルに招いたのだった。

　オットーがドアを開けて、その坊主頭を見せると、ヒトラーはピタリと動きを止めて、

「オットー、さぁ、こちらへ」

　急に笑顔になって、招じ入れた。オットーは、ぶすっとした顔のまま椅子に座った。元来、オットーはヒトラーのことが嫌いであったが、兄グレゴールのたっての頼みでナチスに入ったのだ。その顔にはそれが如実に現れていた。

「オットーよ、ストライキを支持することをやめてくれないか？　君の兄グレゴールは、私の意向に賛同している。君だけが意地を張ってどうする？」

「意地を張る、張らないの問題ではありません。私も自分の信念に基付いて行動しているので

す」

　オットーは、ヒトラーの目を鋭く見据えて断固たる調子で言った。すると、ヒトラーは目に涙をためながら、

「どうあっても、どうあっても、私の言うことを聞けないというのか」

　縋るようにオットーに懇願する。オットーはヒトラーの表情を見て、一瞬、驚いた顔をしたがすぐに真顔に戻り、

「はい」

　と呟いた。ヒトラーはその言葉を聞き終わらぬうちに、

「私の命令に服従しないならば、君とその一味を党から追い出すことになる。他の党員にも君やその新聞社・出版社に関係させないように禁令を出すだろう。私に可能なありとあらゆる手段に訴える」

　涙をひっこめて、鋭く言い放った。ヒトラーはオットーの返答を聞く間もなく喋り始める。

「党員は誰彼の差別なく、総統の命ずることをやらねばならぬ。我が党の組織は、規律に基付いて作られている。党の団結が崩されるのは見たくない。君自身、昔は兵隊だったはずだ。君はこの規律を守る気がおありか？」

　暫しの沈黙が流れた後に、オットーが強い口調で、

「あなたは社会革命を握り潰したいのだ」

　机を叩かんばかりに言ったので、ヒトラーはたじろいだが、すぐ調子を取り戻して、

「私は社会主義者だ。運転手が私より悪いものを食っていたら、そのまま放ってはおかないさ。社会主義といえば、すぐ君は共産主義のことだと思いこんでしまう。我々は憐憫の倫理などにはびくともせず、自分は優秀な人種を代表するが故に他の人種を支配する権利を持っていると確信している新しい支配階級のために革命を起こしたいのだ。この新しい階級は、大衆に対する支配権を無慈悲に維持し、確保していく」

　激して、まくし立てた。

「あなたが仮に政権をとったら、財閥はどうするつもりですか？　私は工業の国営化こそ必要であると考えている」

　オットーがそう言うと、ヒトラーは軽蔑したような目つきになり、

「そんなことをしたらドイツ経済は終わりだ。資本家たちは自らの才能をふるい、淘汰の原理に基付いて働いたからこそ、今日の繁栄に達したのだ。ところが君は、無能な行政評議会や労働評議会を作って、工業管理をしたいという。そんなことは無意味だ。私が政権をとったら、財閥はそっとしておくさ。国民が国の利益に反する行為をやった場合には、その時初めて国家は干渉する。ただ、国が強くなりさえすれば良いのだ」

説教するかのように言った。翌日も会談は続いたが、オットーはついにヒトラーに服さなかった。六月末、ヒトラーはベルリンのゲッベルスに手紙を書いた。

「オットー・シュトラッサーとその一味を党から追い出せ。ベルリンの党からこれらの分子を容赦なく追放せよ」

会談から間があいたのは、党の分裂を公にして、ザクセンの州選挙で不利になることをヒトラーが嫌ったためだった。ザクセンの選挙では、ナチスの議員は五人から十四人に増え、州の第二政党となった。ゲッベルスは、ヒトラーの指令を聞いた時、

(今更何を)

と眉をひそめた。ゲッベルスは、もう何か月も前からシュトラッサー兄弟に対する不満をヒトラーにぶつけていた。が、ヒトラーは何もしなかった。兄弟が発行する新聞と、ゲッベルスが出す『攻撃』紙は競合していた。ゲッベルスは、ヒトラーがヴェッセルの葬儀に参列しないと言った時も、疑心が芽生えたが、何もしないヒトラーにはイラついていた。

「党首も含めてミュンヘンに対する信頼を私は完全に失った。ヒトラーは自分の殻に閉じこもり、決断しようとしない。もはや指導することもなく、ことが起こるに任せているだけだ」

ゲッベルスは吐き捨てるように同年三月の日記に書いている。六月の日記には「いまいましいヒトラーめ。優柔不断！　永遠に先送りか」と、オットーらの追放をなかなか実行しようと

しないヒトラーに激しい怒りをぶつけている。

しかし、ヒトラーが決断し、オットーとその支持者二十五名が離党すると「運動、ヒトラー、そして私への忠誠が宣言されることで決着がついた。ベルリンに秩序が戻った。空気がよくなった。オットー・シュトラッサーは完全に敗北した」と喜びを日記に表現した。オットーは離党し「黒色戦線」を設立したが、泡沫団体でしかなかった。グレゴールは、弟とは袂をわかち、ナチスに残った。

「弟は永遠の異端者だ。脱党と党に対する反抗は狂気の沙汰以外の何物でもない」

グレゴールは、兄弟共通の友人に向かってそう評したという。

*

九月十四日、ヒトラーは、内心笑いがとまらなかった。国会議員選挙において、十二議席から一〇七議席に一気に躍進し、ナチスが国会の第二党となったからだ。ナチスの弁士たちは、辺鄙な村々であっても丹念に回り、集会を開き、大衆に呼びかけ続けてきた。選挙期間の後半に計画されたナチスの集会は全国で三万四千、これは他党を大きく上回るものだった。もちろん、ヒトラー自身も精力的に演説に出かけた。六週間の間に、二十回の大規模演説会を開催、ベルリンでは一万人以上の人々がヒトラーの演説会につめかけた。大衆と握手をし、赤ん坊にはキスをし、婦人にはお辞儀をした。

「我々が約束するのは個々人の状況を物質的な意味で改善することではない。国民の力を増大させることだ。それだけが大国への道、国民全体の解放への道を示すのだ」

群衆の熱狂的な歓呼のなか、演説するヒトラー。九月十四日の夜、ヒトラーは集会での言葉を思い出しつつ、「褐色館」二階の執務室の椅子で陶然としてくつろいでいた。褐色館は、ミュンヘンにおけるナチスの党本部の通称である。一九三〇年五月に実業家からの資金提供によって購入した。総大理石作りの控えの間、壁の銘板にはミュンヘン一揆で死んだ党員十三名の名が刻まれ、壁の一つには党旗が飾られた。内装・家具の全てが高級木材で作られ、年代物のシャンデリアが辺りを照らした。

ヒトラーは広い執務室の大きなデスクの後ろに座り、夢から覚めたように辺りを見回した。壁にはフリードリヒ大王の油絵が掛かり、机上にはイタリア首相ムッソリーニの写真が置かれている。

ドアをノックする音が聞こえると、ルドルフ・ヘスが興奮した様子で入ってきて、

「我が党は勝ったようです。議席は六十六まで増えそうです」

と叫んだ。ヒトラーはその声を聞いても、落ち着いた声音で、

「ドイツ国民に正しく考える能力があればその数字はもっと大きくなるだろう」

と冷静に分析した。結果はその通りとなったが、まさか一〇七議席を獲得するとは！　百議席取れるかどうか、ヒトラーはそう考えていたが、予想を上回る躍進であった。ヘスはヒトラーの言葉を嬉しそうに聞くと、慌ただしく階下に去っていった。すぐにまたノックの音が響いた。ぎこちない、固いノックの音が二回した後に、運転手のモリスが姿を見せた。

「おぉ、よく来た、どうしたのだ？　早く入りたまえ」

ヒトラーは椅子から立ち上がり、モリスの方に歩み寄った。それでも、モリスは緊張したようにドアの側に立っている。

「この度は、選挙の大勝、おめでとうございます」

モリスは絞り出すように言うと、頭を下げた。ヒトラーが満足気に頷く様子を見たモリスは、

「実は……お話が」

ためらいがちに言った。

「何だね、いつもの君らしくないな。何を固まっているのだ」

ヒトラーは笑いながら、モリスの右肩に手を差し伸べた。

モリスはそれに少し勇気付けられたように、

「ゲリさんと結婚したいと思います」

言わねばならぬことを口に出した。

（総統は常に早く結婚するように勧めてこられた。きっと私たちの結婚も祝福してくれるはずだ）

この時もそう考えたモリスは、緊張しながらも、心のどこかで自信を抱いていた。しかしその自信はすぐに大きく揺らいだ。ヒトラーが小刻みに身を震わせ、額には深い皺が刻まれたからだ。それは、ヒトラーが激怒する時の兆候であった。もう片方の手をモリスの左肩に置いたヒトラーは、激しくモリスを揺すった。

「ゲリと結婚したいだと！　ゲリは何と言っているのだ？　いつから、いつからお前たちは？」

青い目は怒りの炎で燃え上がり、下からモリスを睨みつける。

「ゲリさんに、私の妻になってほしいと願ったら、喜んで受け入れてくれました。昨年末からお付き合いしています」

モリスは、ヒトラーが今にもピストルを取り出して自分を撃つのではと恐怖にかられたが、直立不動でヒトラーの次の言葉を待った。

「結婚はならん。婚約は解消しろ。二年間、二人で会うことはならん。二年間待て。そして君たちの関係は絶対に秘密にしておくように」

モリスにとっては脳天に直撃をくらうようなヒトラーの厳命であった。

「出ていけ」

次にモリスの耳に聞こえてきたのは、ヒトラーの怒鳴り声だった。

モリスが去ると、ヒトラーはすぐに高級アパートに帰り、ゲリに先ほどと同じことを告げる。

ゲリは、

「何で、どうして」

叔父に初めて反抗的な態度をとったが、

「ならんものは、ならん」

ヒトラーの頑なな言葉についに折れた。いや、折れたように見せかけた。二人はそれからも、密かに会うことができたし、手紙をやり取りすることもできた。その年のクリスマスにゲリは、モリスに次のような手紙を書いた。

「愛しいエミール、あなたの使者が三通の手紙を届けてくれました。このお手紙ほど嬉しかったことはありません。さて、アドルフ叔父は、私たちに二年間待つことを求めています。考えてもみて、エミール。まる二年間、私たちはただときおりキスをすることしかできないのよ。それもいつもアドルフ叔父に監視されて」

ヒトラーは、ゲリの単独行動を許さなくなった。ゲリがどこかに出かけるときには、マックス・アマンか写真屋のホフマンに同行させ、門限は夜十一時と定められた。

「ヒトラーさん、少し厳しすぎませんか?」

ホフマンが呆れた顔で言っても、ヒトラーは、

「私はゲリを愛しているのだ。結婚したいくらいだ。

だが、私は独身を通す決心をしている。厳格さは彼女に対する知恵だ。私は決して彼女を山師やペテン師の手に渡さないつもりだ」

当然といった風に答えるばかりだった。ヒトラーはモリスに対しては辛くあたった。給料の支払いを遅らせたり、全く給料を払わないこともあった。運転手はさせるが、口は聞かない、そういう日々が続いた。

そして、年末にはとうとうクビにし、党からも追放した。そんな事があっても、叔父と姪の間には決定的な亀裂は入らなかった。今まで通り、歌のレッスンは受けさせたし、カフェにも一緒に行った。ゲリが欲しがるもの、服・化粧品は何でも買い与えた。社交場にもゲリを連れ出し、

「私の姪だ」

と紹介して回った。ゲリも愛想よくにこやかに振る舞った。しかし、時折、ゲリが見せる暗い表情にヒトラーは気付くことはなかった。

*

一九三〇年九月は、ナチスにとって前進の月であったが、その一方で危機にも見舞われていた。突撃隊と党との衝突である。党は壮麗な「褐色館」を建て、党首や幹部は贅沢な暮らしをしているのに、突撃隊隊員は、単なるボディーガード扱いで安月給、冷遇されていると不満が高まっていたのだ。更に、突撃隊指導者フランツ・ザロモンが、国会議員選挙に突撃隊員をもっと擁立してほしいと依頼したことにヒトラーが難色を示したため、対立は激化。ザロモンは抗議の意思を示し、職を辞した。ヒトラー自らが当分の間、突撃隊指導者を兼任することになった。この辞任劇が契機となり、突撃隊員は宣伝や護衛の任務を果たすことを拒むようになる。そしてついには、ベルリンの党事務所を襲撃するという暴挙に出るのである。「反乱」を主導しているのは、ドイツ東部地区の突撃隊指導者ヴァルター・シュテンネスであった。シュテンネスは社会主義思想の持主だが、転向したゲッベルスを裏切り者と呼び敵視していた。突撃隊が党事務所を荒らしまわっているとの急報を受けたゲッベルスは、衝撃を受け、すぐさまヒトラーに、

「すぐにベルリンに来てください。さもなければ反乱は全国に飛び火するでしょう。そうなれ

ば取り返しのつかないことになります」

と告げた。さすがのヒトラーもこの時ばかりはベルリンに急行する。そして親衛隊員に護衛されながら、ベルリン中心部や郊外、時には酒場を走り回り、突撃隊員の説得に努めた。

「私を信頼してくれ。勝利は目前にある。勝利は必ず諸君に無限の報酬をもたらす。いますぐに期待できる措置も用意してある」

ヒトラーは涙を浮かべながら、隊員を説いて回った。

「二十ペニヒを特別費として君たちに渡そう」

隊員に利益をちらつかせたことは大きく、次第に「反乱」は沈静化した。

(やはり、突撃隊を束ねることができるのは、あの男しかいない)

苦境に立ったヒトラーの脳裏に、頬に傷痕が残る「軍人」の顔が浮かんだ。エルンスト・レームである。レームはヒトラーと仲たがいした後は、遠いボリビアで軍事顧問をしていた。ヒトラーはそのレームを呼び戻すことにしたのだ。レームはボリビアに去る時、

「お前はいつか、また俺を必要とするだろう」

と言い残していたが、それが現実になった。ヒトラーの電報での呼びかけにレームも応じ、一九三〇年十一月、ドイツに帰国。翌年の一月には突撃隊幕僚長に就任する。

*

ヒトラーは、ホフマンの写真スタジオを訪れる度に、贈り物を持って現れた。ある時は花を、ある時はキャンディを、そしてクリスマスには「アドルフ・ヒトラー」と書いた署名入りカードが贈られてきた。それは全てエヴァ・ブラウンへのちょっとした贈り物だった。ヒトラーはいつも二言三言、エヴァと言葉を交わしては、ホフマンと別室に消えた。一九三一年九月のある暑い日も、ヒトラーはスーツ姿で現れると、エヴァに、

「こんにちは。元気かな？　美しい人魚姫。そうだ、行けなくなった演劇のチケットがあるのだ。君にあげよう」

と言い、ポケットからチケットを取り出し、エヴァに手渡した。

「いいんですか、ありがとうございます」

エヴァは恐縮しながら、膝を曲げてお辞儀をした。一枚の写真をヒトラーが持っていることに気が付いたエヴァは、

「その写真は？」

恐る恐る聞いてみた。するとヒトラーは笑いながら、

「これかね。私の可愛い姪ゲリだ」

どうだと自慢するように、写真をエヴァに見せた。イブニングドレス姿の着飾ったゲリの姿がそこにあった。

「可愛いお嬢さんですね」

本心からエヴァはそう言った。ヒトラーは、

「ありがとう。ホフマンのアトリエで撮ったものなんだ。ではまた」

と言うと、写真をポケットにしまい、別の部屋に入っていった。ヒトラーはホフマンとの話し合いを終え、自宅へと戻った。ヒトラーとの同居生活は、ゲリにとって窮屈なものとなっていた。ゲリ宛ての郵便物はチェックされ、ゲリが出かける時は護衛と称して監視役が尾行した。舞踏会に行く時は、二人の護衛が彼女の隣に座った。写真を撮った後は、必ず翌日にはヒトラーに写真を見せねばならなかった。

自宅までの帰途、車中でヒトラーはホフマンから再三言われたことを思い返していた。

「ゲリ嬢はほんのわずかな自由を望んでいます。いつも誰かに見られている、誰と会うにも思うままにならない。これが如何に不幸で孤独なことであるか。どうか、ゲリ嬢にほんの少しの自由を与えてやってくれませんか？」

ホフマンはゲリから不自由な生活の一面とどうすれば良いかの相談を受けていたので、ヒトラーに思い切って直談判したのだ。雷が落ちるかと冷や冷やしたが、意外にもヒトラーは冷静

な口ぶりで、

「ゲリの将来については、私はとても気にしているのだよ。ご承知のように、あの子は私が所有するものの中でも、もっとも大切でもっとも愛おしいものだからね。私の使命はあの子を守ることにあると思っている。私はあの子に注意を払い、あの子のためになる交友相手を選び出す権利がある。あの子が窮屈だと感じていることは、実は賢明な熟慮の末のことなのだよ。私はあの子がペテン師の手に落ちるのを黙って見過ごすわけにはいかないのだよ」

両手を前で組んで、淡々と話した。純粋な熱い目をして長広舌をふるうヒトラーにホフマンはそれ以上は何も言えなかった。

自宅に帰ると、赤い薔薇模様の寝衣を来たゲリが、仏頂面をしてヒトラーを迎えた。ゲリは先日、ベルヒテスガーデンにいる母親に会いに出かけたが、すぐにヒトラーから電話があり、ミュンヘンに帰るように言い渡された。しかし、いざミュンヘンに帰ってみると、ヒトラーは今日、会合に出席するためにミュンヘンを立つらしい、その事を家政婦から耳にしたゲリは、ヒトラーが帰ってくるなり、

「どうして、どうして私を呼び戻したの？　叔父さんは今日、ミュンヘンを立つのよね。それでは私が帰ってきてもなんの意味もないじゃない」

いつもとは様子が違う厳しい口調で問い詰めた。ヒトラーは悪いことをしたという顔もせず、

さも当然のように、

「ゲリに少しでも会いたかったからだよ」

と言った。いい加減にしてよという顔をしてため息をつくゲリに、ヒトラーは、

「私が留守の間、勝手にウィーンに行ってはならんぞ」

追い打ちをかけた。ゲリはウィーンで音楽の教師についてレッスンを受けることをヒトラーに願っていた。しかしヒトラーは、ゲリの単独旅行は許さず、ゲリの母アンゲラが付きそうことを求めていた。ゲリはウィーンに一人で行きたいと再三願ったが、ヒトラーは許さず、最後にはウィーンに行くこと自体に反対しだした。

「叔父さんは、どうして私に自由を与えてくれないの？　私を束縛するの？」

ゲリが甲高い声で詰問すると、ヒトラーは、

「束縛？　束縛ではないよ。これはゲリ、お前を守るために必要なことなのだ」

ホフマンに答えたことと同じ言葉を繰り返した。

「私は子供じゃない！　もう大人よ、一人で行動できるわ」

「ダメだ、私はペテン師からお前を守ってやらねばならんのだ」

「ペテン師って一体、何のことよ」

「私が知らないとでも思っているのか？」

ヒトラーはそう言うと、ポケットの中から、一通の手紙を取り出した。ゲリはその手紙を見て、はっとした顔をしたかと思うと、ハラハラと涙を流した。

「これは、一体、何だ。この男とはどういう関係なんだ？」

ヒトラーが涙を手で拭うゲリに問い詰めると、

「どうして、叔父さんがその手紙を……どうして持っているの」

身体を震わせて、ゲリはヒトラーを睨んだ。手紙はゲリの机の奥深くに隠していたものだった。おそらく、家政婦のマリアにでも命じて、探し出したものに違いなかった。その手紙はウィーンに住む画家、若い男性からのものだった。いつの頃からか、ゲリはこの男性と出会い、恋をしているようで、今回のウィーン旅行も、音楽のレッスンというよりは、この若い男と逢瀬を楽しもうとしているのではないか、ヒトラーはそう考えていた。ヒトラーは手紙を読み上げた。

「君の叔父さんの行動様式は君に対する利己的な動因に根ざしているとしか説明できないね。君の叔父さんは、君のことをいつまでたっても未熟な子供と思っていて、その間に君が成長していて、君の幸福は君自身が築きあげるつもりでいることを理解しようとはしないのだ。君の叔父さんは暴力的な性向の持主だ。彼の党では全員が彼に対して奴隷のように卑屈になっている。彼のような鋭い知性の持主が、彼の強情さと婚姻理論が僕たちの愛と僕たちの意志の前には砕け散るであろうことをどうして正しく判断できないのか、僕には理解できない。彼は……」

「もう、やめて！」

金切り声をあげてゲリは涙を流した。

「何なんだ、これは、この手紙は何だ。知ったようなことを書きおって。私を侮辱している」

ヒトラーは手紙を引き裂くと、丸めて屑籠に放り込んだ。ゲリはただそれを呆然と見ているだけだった。ゲリの頭の中では、若者との恋も、この叔父によって、近いうちに引き裂かれる、これからもずっとその繰り返しであることが、一瞬のうちに駆け巡った。自分の人生はこの叔父によって今後も破壊される、一気に憔悴した顔になったゲリは、何も言わず、トボトボと自分の部屋に帰っていった。

午後三時、ホフマンを乗せた迎えの車が、ヒトラーのアパート前に停まった。メルセデスに乗り込もうとしたヒトラーは、上の窓を見上げた。ゲリの部屋の窓だった。

ゲリはカーテンを開けた窓からこちらを見ていた。軽く微笑んだヒトラーだったが、ゲリは厳しい顔で車のドアを開けるヒトラーを見つめるのみであった。

新しい運転手のユリウス・シュレックが車を走らせている間、ヒトラーは殆ど口を聞かなかった。ただ、ホフマンの方を向いて、

「なぜだか分からないが、どうも気持ちが落ち着かない」

とだけ呟いた。ホフマンは、

「おそらくアルプス特有の南風のせいでしょう。この風は奇妙に人の気持ちを滅入らせる」

苦笑いして答えたが、ヒトラーはむすっとして、それには答えずじまいだった。重苦しい沈黙に包まれたまま、車はニュルンベルクへと向かった。ニュルンベルクのドイッチヤー・ホーフ・ホテルに一泊したヒトラー一行は、ハンブルクに向かうため、ホテルを出て再び車に乗り込んだ。暫らくして、凄まじいスピードを出して、自分たちの車を追いかけてくる一台のタクシーが目に入った。

「何だ、あの車は。怪しい車だ。もっとスピードをあげて、あの車を視界から消してくれ」

ヒトラーは運転手に命じたが、それでも執拗に追いかけてくる。ホフマンがその車を見ると、懸命に停まってくれと合図をする宿泊ホテルのボーイの姿が映ったので、

「ヒトラーさん、あの車は怪しいもんじゃなさそうですよ。とりあえず、車を停めてみては」

と進言した。すぐに追いついてきたタクシーからはボーイが息をきらせて飛び出してきて、

「ミュンヘンのルドルフ・ヘス様から緊急のお電話です。ホテルでは電話を切らずに待っていますので、急いでホテルにお戻りください」

汗をかきながら伝えた。只事ではないと察したヒトラーらは、ホテルに戻り、電話ボックス

に飛び込んだ。

「ヒトラーだ、一体、何があったのか」

興奮して、ヒトラーはヘスに問い質した。暫くして、ヒトラーの絶叫が辺りに響いた。

「あぁ、何ということだ。ヘス、答えろ。イエスかノーか、彼女は生きているのか」

ところが、電話が途中で切れてしまったため、ヒトラーは半狂乱のようになって、ホフマンらに喚いた。

「早く早く、車をミュンヘンにかえしてくれ。ゲリが、ゲリが自殺を図ったようだ」

ホフマンも事情が分かると、ヒトラーと同じように青い顔をして、慌てふためいて、運転手に命じた。

「猛スピードでミュンヘンへ」

車はミュンヘンへと引き返したが、車内でヒトラーは虚ろな目をして前方を見つめているだけだった。途中、スピード違反の検問にもひっかかったが、昼頃には自宅に到着した。自宅に戻っても、ゲリの姿はどこにも見当たらなかった。家政婦のマリアが悲しい顔をして、ヒトラーを出迎えた。

「ゲリは、ゲリはどこにいる?」

ヒトラーが物凄い剣幕で吠えたので、マリアはそれに圧倒されたが、気を取り直して、

「ゲリさんは、亡くなりました。亡骸は霊柩車に乗ってウィーンの墓地に向かっています」

言うべきことを伝えた。

「何だと、ゲリは死んだのか。ゲリはもうこの世にいないのか」

ヒトラーは頭を抱えて呻いていたが、悲しみを癒す余裕もなく、午後三時には警察官が自宅にやって来て、供述をとった。

「ゲリの死は自分にとってとても辛いことだ。ゲリはウィーンで歌唱レッスンを受けることになっていたが、歌手としてデビューできるかどうか、不安に思っていたのではないか」

警察はマリアにも話を聞いた。マリアは、

「昨日の夕方、五時頃でしたか、私の隣の部屋でバタンという小さな音が聞こえました。それは何かが倒れるような音でした。九月十九日、つまり今日の朝ですが、私はヒトラーさんの部屋に入ったのですが、カギのかかっていないキャビネットに置かれていたピストルがないことに気が付いたのです。そう言えば昨日、ゲリさんがひどく興奮していたことに思いあたったので、私は隣のゲリさんの部屋に行きました。でもその部屋はカギがかかっていて開きません。夫を呼んで、ドライバーを使って錠前を破って、やっと中に入ることができました。するとゲリさんは、床に倒れて既に死んでいたのです」

マリアは震える声で、その目で見たことを説明した。ゲリはヒトラー所持の拳銃で自らを撃ち、死んだのだ。警察が捜査をしても、ゲリがどういった理由で死んだのか、とうとう真因を掴むことはできなかった。ヒトラーの姪の死、新聞社はあることないことを書き立てた。

「死者の鼻骨は打ち砕かれており、死体には深い傷もいくつかあった」

ゲリが負った深い傷、これはゲリは誰かに殺害されたのではないか、もしくはヒトラーは姪を虐待していたのでは……いくつもの嫌疑が生まれたが、医師の調べによると、それは「鼻の先端部が少し平たくなっているのは、長時間にわたって顔が床に押し付けられた結果にすぎない」ことが分かったし、胸の銃弾の開口部以外には傷はなかったことも明らかとなった。

ゲリの遺体の埋葬は、九月二十三日午後に行われたが、ヒトラーは姿を見せなかった。出席できる状態ではなかったのだ。アンゲラは、涙のあとが乾かぬ憔悴した面持ちで娘を見送った。アンゲラもゲリの恋人のことを知り「そんなよく分からない人とは別れなさい」と交際に反対していた。今ではそれを悔やんでいるように見えた。

ゲリの死、そしてその死の裏にはヒトラーがいるのではないか。新聞の論調はヒトラーを意気消沈させる。

「恐ろしい中傷キャンペーンに自分が葬り去られることを思うと、もう新聞を読む気もしない。以後、政治から足を洗って、公の場には顔を見せたくない」

力なく呟くヒトラーの声をホフマンは聞いた。ヒトラーは党の印刷業務を担うアドルフ・

ミュラーのテゲルンゼーにある別荘に身を落ち着かせた。ヒトラーが所持する拳銃は、部下たちによって巧妙に隠されていた。悲嘆にくれて、ヒトラーが自殺することを恐れたからだ。ヒトラーは別荘の一室を、後ろ手を組んで、歩き回った。

「ヒトラーさん、昨日も何も食べていませんね。何か食べますか」

ホフマンがそう聞いても、ヒトラーは首を振るばかり。ひたすら、何時間も部屋のなかを動き回るのだった。

深夜になってもそれが続いた。明け方、ホフマンはヒトラーの部屋をノックしてみたが、何の応答もなかった。心配したホフマンが部屋に入った時も、昨日と変わらず、ヒトラーは手を後ろに組んで、夢遊病者のように、行ったり来たりを繰り返していた。それから二日間、何も食べずに部屋を右往左往する。

ゲリはウィーン市の中央霊園に埋葬された。その報を得たヒトラーは、ナチスの政治活動が禁止されているオーストリアに向かった。日が沈んだ暗いなかを、ヒトラーらはゲリの墓に詣でる。墓に花を供えたヒトラーは、墓碑銘を見た。

「われらが愛しき子供ゲリ　ここに眠る　彼女はわれらが太陽であった
一九〇八年六月四日生——一九三一年九月十八日没　ラウバル家」

第 10 章

首相就任――ヒンデンブルク

ゲリの死によって失望の底に落とされたヒトラーであったが、一週間も経たないうちに、活力を取り戻す。別荘の朝の食卓に現れたヒトラーは、

「いよいよ闘争開始だ。そしてこの闘争を成功で飾るのだ」

幾分疲れた風には見えたものの、元気をかなり取り戻していた。部屋の中を歩き回った末に、今、政治活動を放り出す愚を悟ったのだ。今までの苦労を水の泡にする行為もまたヒトラーには耐えられなかった。食卓に並んだ果物やパン、ハム。ホフマンはヒトラーの回復を喜び、

「さぁ、まずはハムをどうぞ」

力を付けさせるために、給仕が持ってきたハムを食べるように勧めた。しかし、ヒトラーは、

「いや、ハムは食べない。肉を食べることは死体を食べるようなものだ。これからは肉をやめる」

まじめな顔で、肉食を拒否したのである。一同は驚いたが、ヒトラーの肉絶ちが、ゲリの死と関係していることは読み取った。肉がゲリの死体を連想させるのか、ゲリの冥福を祈るために肉を絶つのか、理由は判然としないが、ヒトラーは以後、菜食主義者となる。

マスコミは相変わらず、ゲリとヒトラーとの関係やゲリの自殺についての文章を掲載していた。

「押し付けられる要求に疲れ、無責任な叔父に失望して、ゲリは自らの命を絶った」「ゲリが

住んでいたアパートとヒトラーのアパートは同じ階、互いに隣り合った部屋だった」「ヒトラーと姪は激しい口論を繰り返した」「ヒトラーの愛人が自殺――ナチ党首脳部は独身男と同性愛者」として、突撃隊リーダーのレームの同性愛に言及する記事もあった。

ナチスは火消しにかかる。ヒトラーの弁護士は『ミュンヘナー・ポスト』紙が撤回記事を出さない場合は名誉棄損で訴えると迫ったし、ヒトラーも、私と姪が激しい口論をしたという事実はないし、姪のウィーン行きに反対したこともない、彼女の婚約の事実もなければ、それに反対したこともないとの声明を出した。ヒトラー声明は、『ミュンヘナー・ポスト』紙に掲載された。

ヒトラーはミュンヘンの自宅に帰ると、家政婦のマリアに命じた。

「ゲリの部屋はそのままにするように。部屋の中のものには何一つ触れてはならん」

家具、ゲリの衣服、鉛筆までもが、ゲリが自殺したあの日のまま保存されることになった。ただ、新しい花だけが机の上に置くことが許された。

ゲリが死んでからというもの、ヒトラーはその空白を埋めるかのように、エヴァ・ブラウンと会うようになった。最初はホフマンの写真館で、そして次はホフマンの家で、最後にはヒトラーの自宅で密会する。

エヴァはかつてユダヤ人の青年と付き合ったことがあったがその頃には別れており、フリーの状態であった。ヒトラーは、最初は贈り物をくれる「良きおじさん」であったが、ホフマンの写真館や家で話をするようになり、気さくな態度と女性心をくすぐる言葉にエヴァは次第に惹かれていった。新聞を開けば、ヒトラーの動静が載っていることもあった。

（有名で凄い人なのに、あんなにも気さくでやさしいなんて）

エヴァはそう思い、ヒトラーの自宅への招きにも喜んで応じた。自宅でもヒトラーは紳士的だった。ヒトラーは椅子に座り、エヴァの目を見て語った。

「ゲリは私にとって、かけがいのない姪だった。そのゲリが死んでしまったこと、それは私にとって大きなショックだった」

「ゲリさんは、どのような人だったんですか？」

「太陽のような子だった。明るくて、周りの者を元気にするような」

寂しそうに語るヒトラーに母性本能をくすぐられたのか、エヴァは椅子から立ち上がり歩みより、ヒトラーを優しく抱きしめた。エヴァはベッドのうえでも、ゲリのことを聞いた。普段のヘアスタイル、動作、生活……別の日、エヴァは聞いたことと同じヘアスタイルや服装でヒトラーと会った。ゲリを模倣し、ゲリの代わりになろうとしたのだ。エヴァもゲリと同じように、幾分ぽっちゃりしていて、顔のつくりも似ていたので、その「変身」にヒトラーは笑顔となった。エヴァという力を得て、ヒトラーは再び政治活動に邁進していく。

一九三一年十月十日、ヒトラーは、ゲーリングとともにヒンデンブルク大統領と会談する。ヒンデンブルクは、第一次世界大戦でドイツ軍を指揮して、ロシア軍を破った国民的英雄であった。立派なカイゼル髭をはやし、厳つい顔付きの大統領は威厳の塊といった雰囲気を醸し出していた。二人のなかを取り持ったのは、「政治将軍」と呼ばれ、軍人でありながら政界においても影響力を有していたクルト・シュライヒャーである。一八〇センチ以上の長身を誇るヒンデンブルクが、

「君がヒトラーか」

よく透る太い声で問いかけると、ヒトラーはそわそわして、落ち着きをなくし、緊張を隠すためか、一方的にナチスの政策を語り始めた。

「私は国民社会主義の理念を世に公表し、実力をもってしても、何としてもそれを実現したいと思っております。世人が呼ぶように太鼓たたきと自らを考え、ドイツが目覚めるまで、私は運動を通じて太鼓を叩き続けます。我が党の政策の眼目は、若々しい健全なる民族の再興です。ドイツ人を一人残らず民族的な目的の側に獲得するまで、我々は前進を続け、大衆を奮い立たせます。そうなれば、何れマルクス主義は根こそぎ駆除されるでしょう。そして我々はユダヤ人やユダヤ化した連中を受け入れるつもりはありません」

視線と両手を小刻みに震わせ、ヒトラーは熱弁をふるった。明らかにヒトラーは動揺してい

るとみてとったヒンデンブルクは、威厳に満ちた態度で、

「太鼓たたきは結構だが、ナチ党員は街頭で乱暴を働くこともあると聞く。これは由々しきことだ」

と突撃隊員による行為を非難した。

「いえ、それは赤の連中が、挑発したからでありまして」

弁解に努めたヒトラーだったが、ヒンデンブルクの鋭い眼差しは、会談が終わるまで変わらなかった。ヒトラーが退出すると、ヒンデンブルクは、傍らにいたシュライヒャー中将に、

「あのボヘミアの兵隊(ヒトラーのこと。ヒトラーはボヘミア出身ではないが、ヒンデンブルクは誤解していた)は、ろくでなしだ。首相の器ではない。せいぜい郵政大臣どまりだ。最も、彼が郵政大臣になってわしの肖像切手を発行する時は、わしは自分の肖像を後ろ向きにさせるがね」

侮蔑の笑みをもらし、ヒトラーをなじった。同室していたヒンデンブルクの息子オスカーも、

「奴は一体、何をしにきたのだ。一杯やりにきたのか」

吐き捨てるようにヒトラーを小馬鹿にする。しかし、シュライヒャーはナチスの選挙の強さや、ヒトラーの弁舌の巧みさには共感を抱いており、ヒンデンブルクらのように突き放すつもりはまだなかった。見捨てるならば、完全に利用価値がなくなってからで良いのだ。同じ頃、ヒトラーもゲーリングにむかい、

「こんな国家元首のもとでは、首相はさぞ難儀するはずだ。ブリューニング首相の苦労がよく分かった」

ヒンデンブルクの悪口を漏らしていた。翌年（一九三二）には、大統領選挙が控えていた。ブリューニング首相は、連合国への賠償撤廃を要求していくという外交上の成果をあげるために、国内の政争を避けたいと考え、大統領任期延長策を目論んでいたが、憲法の規定通りに選挙に臨んだほうが良いとの声もあり、結局、予定通りに選挙は行われることになった。それにヒンデンブルクが出馬しないとなるとヒトラーが大統領になる可能性が高かった。それもあってか、ゲッベルスの一九三二年一月一日の日記は、緊張感と意気軒昂さがない交ぜになっている。

「今年は厳しい。情け容赦のない闘争の年になろう。確固たる、揺るぎない大地に立つ強者だけが、この闘いを戦い抜くのだ。肝腎なのは飽くまで大衆の真只中にいるということだ、断じて国民から遊離してはならぬ。国民が、我々の仕事の発端であり、中央部であり、終局だ」

鼻息の荒さが伝わってくるが、それは一つにはゲッベルスはヒトラーは大統領選挙に出馬すべきだと考えていたからだ。もう一つは、昨年十二月にマクダ・クヴァントという美しく裕福な女性と結婚したということもある。ヒトラーが立会人となって、二人は結婚式をあげた。マクダの母は、一時、ユダヤ人の皮革卸商のフリートレンダーと再婚、マグダ自身もその姓を名乗ったこともあったが、一度目の結婚の前に、実父の姓リッチェルに戻している。一目でユダヤ系と分かる姓を避けたのであろうか。富裕な夫と離婚したマクダは、元夫からの手当で豪奢な生活を送っていたが、一九三〇年に街中でナチスの集会を目撃したことで、人生が変わる。

鋭い号令とともに行進する褐色の制服に身を包んだ男たち、はためく鉤十字の旗、右手を高く上げて、万歳と叫ぶ男女。それらの観衆を掻き分けるようにして、ぎこちない足取りで現れた小男。その小男は、黒い目に炎を宿して、共和国政府の高官やジャーナリストなどをジョークを交えて口撃した。手を振り上げるなどの激しいジェスチャーも、人々を魅了する。

「あれが、ゲッベルスよ」

ある女性のひそひそ話が聞こえてきた。ゲッベルスの演説に心を鷲掴みにされたマクダは、演説が終わると手が赤くなるほど拍手を続け、翌日、ナチスに入党する。ベルリン西端地区ナチス婦人連盟の部長に任命され、バザーや料理教室の仕事に汗を流していたが、突然、ゲッベルスの秘書に任命される。ゲッベルスは、美しいブロンドの髪を持ち、女優のような風貌のマクダに一目惚れ、いつの頃からか二人は同棲するようになり、結婚へと至ったのだった。

さて、大統領選挙である。ゲッベルスは、ヒトラーに、

「大統領選挙に出るべきです」

と迫ったが、ヒトラーはそれに対し、

「私は自分が政権をとらねばならないことを知っている。他の者は誰が出ても失敗するだろう。

私は自分を大統領ではなく首相に見立てているのだ。首相になるつもりだ。私は大統領の柄ではないし、大統領にはならないことも知っている」

と気乗りしない声を出した。国民的英雄と勝負して勝てるとは思わなかったし、出馬しなければヒンデンブルクからご褒美――それこそ首相の役職が転がり込んでくることもあり得る。

ヒトラーの慎重かつ消極的姿勢に、ゲッベルスは珍しく面と向かってかみついた。

「総統がなぜ自分から選挙に出ようとしないのか、私には分からない。大統領選挙に総統が出馬すれば、我が党の知名度は一気にあがるでしょう。その機会を見送るべきではありません。老元帥（ヒンデンブルク）に勝つことだって、夢ではないのです。勝つためには、これまでにない選挙戦術が必要であります。私は飛行機を使うことだって考えているのです」

「飛行機？」

「そうです、ドイツの空を飛ぶヒトラー総統！　空から舞い降りる救世主のように登場するのです」

「…………」

それでもまだヒトラーは決断を下すことはできなかった。ゲッベルスは将来に対する期待を持たせようとして、

「政権をとりにいくのです。政権をとった暁には、私は国民教育省のトップとして、映画・放

送・芸術・文化・宣伝に携わりたい。これは革命的な官庁です。中央において指導され、全ドイツ思想界を代表するものにする。このような省庁はまだ世界のどこにもないでしょう。国家機関のみならず、国民を総ざらいに獲得する、そういった偉大な省庁をつくりたい」

夢を熱く語った。ヒトラーは、

「それは素晴らしいアイデアだ。傾聴に値する」

と賛同するも、まだ出馬を迷っていた。優柔不断なヒトラーにゲッベルスはまたも不信感とイライラを募らせるが、数週間過ぎた二月十七日、ヒトラーは大統領選の立候補を正式に表明する。ゲッベルスの言葉が腑に落ちたのだろう。ヒトラーは大統領選に出馬するため、ベルリン駐在の公使館補佐官に任命してもらい、ドイツ国籍を取得した。

ヒトラーは選挙戦がスタートすると、町から町に飛び回った。飛行機という文明の利器をもって、人々に会いに行ったのだ。この選挙パフォーマンスは斬新であった。精力的に演説活動を行うヒトラーにも増して意気盛んなのが、ゲッベルスである。

(今年の選挙戦を宣伝の傑作にするのだ)

との決意のもと、選挙の標語やポスターの文句を頭をフル回転させて考えた。

「撃て！」

「名誉はヒンデンブルクに、票はヒトラーに」

そうしたスローガンでアピールするだけでなく、ゲッベルスら宣伝部の人間は、宣伝用レコードを五万枚作り有権者に郵送したり、ヒトラーの演説を「トーキー映画」として映画館で流したり、パンフレットを飛行機からばらまいたりと、ありとあらゆる独創的な宣伝戦を展開する。

（我々は財力に乏しいが、それを創意工夫によって補わねばならぬ）

ゲッベルスは、肉体的にも精神的にも走りに走った。そして三月十三日、審判の日がやって来る。事務所の中は、

「勝つぞ」

「勝つに決まっている。老元帥に総統が負けるはずはない」

戦勝気分が横溢していたが、ゲッベルスはそれを冷めた目で見ながら、

（勝負は最後まで分からぬ。ヒンデンブルクは依然として国民に人気がある）

とふんでいた。投票結果は、ヒンデンブルク約一千八百万票、ヒトラー約一千万票だった。ヒンデンブルクの選挙運動は、レコードに録音した演説をラジオ放送しただけなので、それを考えたら、大統領の圧勝であった。しかし、当選に必要な過半数に約三万五千票不足していたので、再選挙が行われることになった。敗北の報を聞いた時、さすがのゲッベルスにもどっと疲れが押し寄せてきたが、最終結果を改めて眺めて、

（それほど悪くはない）

と自らを元気付けようとした。事務所の中は、静寂に包まれ、党員はしょんぼりしている。

その夜、ゲッベルスはヒトラーに電話し、

「この選挙戦に乗り出したことは失敗ではありません。敗れた戦闘は、回避した戦闘よりも有害ではない、奮起して再び仕事に着手すれば、勝利も見えてくるでしょう」

と語りかけた。ヒトラーはゲッベルスが思っていたほど意気消沈しておらず、

「そうだ、我々は戦いを始めるのに一瞬も躊躇しない。再び戦うのだ」

しっかりとした言葉で冷静に応じた。その態度にゲッベルスは安堵する。そして事務所に戻り、党員に命じた。

「さぁ、始めよう。直ちに仕事につくのだ。飛行機とポスターを使って宣伝し、相手方がデマを流すなら、それを組織だって撲滅する」

火の出るような勢いで、宣伝ポスターやビラの文章が練られ、集会の日程が組まれていった。移動のために飛行機も使用された。ナチスは、都市部だけでなく、農村にも入り込んで、選挙戦を繰り広げた。何千もの人々がヒトラーを一目見たいと列をつくって何時間も待つ。まだか、まだか、人々の期待と不満が頂点に達した頃に、黒の外套を着たヒトラーが登場。鉤十字の旗は林立し、人々は「ハイル」の歓声をあげる。

「良き法律のために必要なのは良き政府であって、よく機能する議会ではない。国民大衆がまともな政府を必要とする日が刻一刻と近付きつつある。我々は完全に新しい状況を作り出さねばならない。民族の覚醒によって、真のドイツ民族ができるのだ」

各地での演説のし過ぎで、声は嗄れていたが、演説が終わると、拍手が鳴り響いた。ヒトラーは敬礼し、

「ありがとう」

礼を述べると、ドイツ国歌が演奏されるなかを立ち去っていく。そしてまた飛行機に乗り、別の地域へ──合計二十一都市をヒトラーは巡った。「ドイツの上を飛ぶヒトラー」とのスローガンは人々の目を惹いた。その甲斐あって、ヒトラーは前回よりも約二百万票上積みすることができたが、結果はヒンデンブルクにまたしても敗れた。政府は突撃隊・親衛隊の禁止令を出すが、四月の地方選挙ではプロイセン、バイエルンなどの州でナチスが勝利を収めている。

ナチスの勝利を見て、シュライヒャー中将が再び動いた。シュライヒャーは突撃隊の禁令に反対であったし、ゆくゆくは軍を基盤とする右翼政府を樹立しようと目論んでいた。もちろん、その政府の中にナチスも加えても良いが、彼らを主役に据えるつもりは毛頭なかった。ナチスを飼いならすことなど容易い、彼らのことを、手を取って導いてやらねばならぬ子供のようにシュライヒャーは見なしていた。右翼政府樹立の第一歩は、ブリューニング内閣の打倒であり、

その後は第二党のナチスの支持も必要である。

四月二十八日、シュライヒャーとヒトラーは会談した。軍帽の下から、垂れた目をのぞかせるシュライヒャーは、

「突撃隊と親衛隊の禁止令を撤回させること、ブリューニング内閣を打倒すること、国会を一新するために選挙を行うこと、それらを実現させるために私は動く」

餌を投げつけるように、ヒトラーに意を伝えた。どれも、ナチスにとって申し分ないことである。ヒトラーは、

「ありがたいことだ」

と満面の笑みで答えたが、シュライヒャーは目の奥を光らせて、

「ただし」

と語気強く言うと、次のように言葉を続けた。

「やがてできる新内閣を、あなたの党も支持してほしい」

「新内閣、その首班は誰に?」

「私はパーペンを考えている」

「パーペン!」

ヒトラーが驚きをもって口にしたその男の名は、フランツ・パーペン。一八七九年に貴族の

家系に生まれたパーペンは、長じて後、軍人から政治家に転身、保守系のプロイセン州議会議員として一部には知られていたが、ほとんど無名であり、それまでの経験からも首相が勤まるとはとても思えなかった。

「人の上に立つ器ではなかろう」

ヒトラーは、シュライヒャーがあえてそのような人物を首相にしようとしている事を見抜いて言うと、

「彼に人の上に立たれては困る。彼は帽子みたいなものだ」

シュライヒャーも本音を吐露した。

「そうか、宜しい。その内閣に協力しよう」

ヒトラーは約束し、取引は成立する。ブリューニング首相は地主が管理しきれない土地を細分化して、小作農の農地にする計画を遂行しようとするが、地主層からの反発を受けたヒンデンブルクはそれに反対していた。ヒンデンブルクにブリューニング解任を具申する時には、それを理由にすれば良い、シュライヒャーはそう考え、ほくそ笑んだ。

次にシュライヒャーは、パーペンのもとを訪れ、政治談議をする。

「今のドイツを救うには政党を超越した専門家による内閣が必要です」

そう述べたシュライヒャーに、パーペンは馬面ともいえるその長い顔を縦に振りつつ、

「政党内閣は、軍を背景にした権威ある政府に変わるべきだ」

と相槌を打つ。続けて、シュライヒャーはパーペンの目を見つめて、

「大統領は、あなたが内閣を指揮することを望んでおられる」

本題を切り出した。パーペンは驚いた顔をし、

「私が首相の任に相応しい人間かどうか、大いに疑わしい。それにヒトラーの党も私を支持すまい」

と何度か述べたが、シュライヒャーは、

「ヒトラーとは話がついています。彼は新内閣の支持を約束しました。もちろん、条件はありますが。突撃隊や親衛隊の禁令解除や国会解散などです。是非、首相になって頂きたい」

腰を折って頼み込んだ。政治家になるような人物で首相の椅子がほしくない人間などそうはいないだろう、パーペンもすぐにまんざらでもない顔をして、

「この週末によく考えてみよう」

と口髭を触りながら、姿勢を軟化させた。五月十九日、シュライヒャーはブリューニング首相から呼び出され、

「国防相に就任してほしい」

と入閣を要請される。シュライヒャーは胸を反り返らせて、

「宜しい、お受けしましょう。ただし入閣するのは、閣下の内閣ではありません」

と傲岸不遜に言った。シュライヒャーはブリューニング首相の次の言葉が発せられる前に、敬礼をすませて、部屋から立ち去る。ブリューニングはシュライヒャーが自分を窮地に陥れようとしているのを知っていた。その十日後、ブリューニング首相は、ヒンデンブルク大統領に招かれた。ヒンデンブルクは、ブリューニングの顔も見ることなく、手元のメモを無愛想に読み上げた。それはブリューニング内閣を暗に非難する内容であった。

「今後は右向けの政治を行うこと。労働組合指導者層とは手を切ること。都会の失業者を東部地方に入植させる法案を取り下げること」

（私にそのようなことはできない。そうか、大統領は私を辞めさせたがっているのか）

そう直感したブリューニングは、ヒンデンブルクの朗読が終わると、

「私の辞職を希望しておられるのですね」

悲し気に口を開いた。

「内閣の評判は悪い。そのような内閣を存続させるのは、自らの良心に背くことになる。速やかな更迭が望ましい。貴下は新内閣の外相に就任せよ。それが義務だ」

「私にも良心があります。ただし、その良心は国家の危機にさいして安易に変わるようなものではありません。私は身を退きます」

五月三十日、ブリューニング内閣は総辞職する。シュライヒャーからヒンデンブルクには、次の首相はパーペンでどうかとの申し出があった。ヒンデンブルクの息子オスカーと昔馴染みのシュライヒャーは、大統領に個人的な影響力を持っていた。パーペンが、ヒンデンブルクの前に呼び出された。

「親愛なるパーペン君、この困難な状況を打開するため、私は君の助けがほしい。協力してほしい」

ヒンデンブルクの親身な言葉を聞いて、パーペンは恐縮しつつ、

「私は首相にはふさわしくありません」

シュライヒャーに対して言ったことと同じ内容を繰り返した。それを聞いたヒンデンブルクは、

「自分のような八十四歳の老人でも国家のために責任を負っている。我々は軍人だ。祖国が要請するとき、軍人が知っている唯一の答え、それは服従である」

と幾分語気を強めた。そう説得されたら、元軍人のパーペンも、

「分かりました」

と言うしかない。六月一日、新内閣が発足した。シュライヒャーは国防相に就任、閣僚は貴族出身者が多く「男爵内閣」と呼ばれることになる。

＊

首相着任一週間後、パーペンはヒトラーと初めて会談した。ダークブルーのスーツを着たヒトラーは最初こそ、控えめにパーペンの意見に耳を傾けていたが、自らの考えを主張する段になると、パーペン曰く「狂信的」となった。

「私は従属的な位置に長く甘んじるつもりはない。何れ自ら全権を握る。あなたの内閣は一時的な措置だと考えている。私は我が党を我が国の最大勢力にすべく努力を続けるつもりだ。その暁には首相職は譲り渡していただく」

一国の首相に対し、こうも激しく、そして無礼な口を聞く者もいないだろう、パーペンは暗澹たる気持ちになり、

（我が内閣の命運はこの男と、その支持者が私を後押ししようと思うかどうかにかかっているのか……）

その場で頭を抱えたくなった。パーペンはナチスの支持を得たいために、事前の「密約」通りに動いた。大統領は国会を解散（投票日は七月三十一日）、六月十六日には突撃隊等の禁令を解除した。それに伴い、突撃隊員と共産党員の衝突が頻発、流血の惨事や殺人事件にまで発展す

る。しかし、共産党を脅威とみる人々も多く、それによってナチスへの支持が著しく低迷することはなかった。

さてパーペン首相は、六月十六日、連合国賠償会議に出席し、ドイツの賠償額を三十億マルクに引き下げることに成功し気を良くしていた。が、ナチスは「ドイツに支払いの義務はない。パーペン内閣は想像以上の弱体性を暴露した」「パーペン内閣を倒せ」とパーペン内閣を攻撃、パーペンを支持するという「密約」を早くも反故にする。

ナチスは、七月の選挙に向けて猛烈な活動を展開、ヒトラーは選挙活動の最後の二週間で五十の都市を訪問し、熱烈な歓迎を受ける。その甲斐あって、七月三十一日の選挙もナチスが大勝し、議席は二百三十を獲得、国会の第一党にまで昇りつめた。

その余勢をもって、ヒトラーは八月五日にシュライヒャー国防相とベルリン近郊のフュルステンベルクで会見する。第一党の党首となったヒトラーは、この会談で、自分の望むもの（すなわち首相職）が手に入ると思い、シュライヒャーに自信満々の態度で、

「自分は欲張りではない。我が党は中央政府の首相、内相、法相、経済相、航空相、プロイセン州政府の首相、内相、法相の椅子で満足するだろう。あなたには国防相に留任していただく。そして新政府には宣伝省を新設し、一定期間の全権委任法を要請することも考えている」

と自らの構想を披瀝した。シュライヒャーは内心、

（何が欲張りではないだ）

舌打ちしたが、それを態度にはあらわさず、

「なるほど。その要求、ヒンデンブルク大統領に私から伝えよう」

にこやかに言った。シュライヒャーとしては、自分が国防相の任にあり陸軍を掌握している限りは、ヒトラーを首相に置いても、自分が主導権を握れると考えていた。

会談後、シュライヒャーはヒンデンブルク大統領にヒトラーの要望を伝達する。ヒンデンブルクはこの要求に、

「ヒトラーには政府の中での仕事の経験もない。自らの党の暴発者も抑えることができないだろう。あの成り上がり者を首相に据えることは了承できない。この考えは変わらない」

怒りを表した。シュライヒャーはそれに対し、反対の意見を言わず、分かりましたと述べて引き下がった。ナチ党員の中には、ヒトラーの首相就任は確実で、政権掌握後は自らにも要職が用意されるに違いないと早とちりして、職場に出ずに祝杯をあげたり、浮かれたりする者が続出する。ヒトラーは突撃隊員をベルリン周辺に配置し、政府に圧力をかける。ヒンデンブルクはそれも気に入らなかった。パーペンもヒンデンブルクと会談し、この騒動を収拾するため辞職すると申し出たが、ヒンデンブルクは、

「君の辞職はヒトラーが首相になるということではないか。辞職はならぬ」

と言い、押しとどめた。ヒトラーと話し合ってみてはという助言も、

「話し合いで、ボヘミアの一兵卒を首相にできるものなら大層な話だ」

として、ヒンデンブルクは撥ねつける。八月十三日、ヒトラーはベルリンでの定宿ともいうべき、ホテル・カイザーホーフに到着。正午にはシュライヒャーと話し合う機会をもったが、その席上、

「ヒンデンブルク大統領は、あなたを首相にする気はないようだ。大統領が提供できるのは、副首相の地位だけだろう」

シュライヒャーが率直な意見を述べると、ヒトラーはシュライヒャーの無力と裏切りを非難し、憤然として席を立った。その後、ヒトラーが向かったのは、首相官邸のパーペンの部屋である。そこで、ヒトラーは政府の批判を繰り返し、パーペンに食ってかかった。育ちの良いパーペンは、相手の攻撃的な態度に辟易しながらも、

「大統領は、あなたを首相にするつもりはない。それは、大統領があなたがどんな人物かよく知らないからです」

と抗弁することはできた。ヒトラーは、

「自分はマルクス主義政党を一掃するために献身してきた。私が政府を引き継いで腕を振るわなければこの事は不可能だ。流血を前にして尻込みすることは私にはできない」

首相職を明け渡さなければ何れ血を見ることになるぞと凄んだ。更にヒトラーは言葉を続けた。

「歴史の教訓を見よ。イタリア国王も、ローマ進軍の後は、ムッソリーニに首相の地位を差し出したではないか」

「首相の任命を自分が決めることはできない。大統領に任せたい」

最後にパーペンはそう述べて、ヒトラーとの会見を打ち切った。パーペンは、ヒトラーとの会見の様子をヒンデンブルクに伝え、何とかヒトラーと会ってほしいと懇願する。さすがのヒンデンブルクも、ヒトラーと再会することを決意、午後四時過ぎ、ヒトラーは大統領宮殿に姿を見せた。宮殿の書斎で会見は行われる。ヒンデンブルクは、ヒトラーに椅子も勧めず、自らの考えを厳粛に伝えた。

「パーペン首相に協力して入閣せよ。国民社会主義者の政府参加は歓迎しよう」

前回の会見の言葉よりは、幾分穏やかではあるものの、ヒンデンブルクは、ヒトラーを首相職に任命するつもりはなかった。

「私は首相職を望んでいます」

「いかん、神と己の良心と、祖国にかけて、単一の政党に全統治権を渡すことなどできない」

ヒンデンブルクは、珍しく声をはりあげた。

「首相職以外に選択の余地はありません」

「では、君は反対勢力にまわるということか？」

「それも致し方ありません」

「最近、君の党の者共の暴力によって、流血の惨事が起きている。このような事件が続くということは、君の党の暴力性を示すものである。その事を私は確信している。突撃隊によって繰り返される暴力行為は断固処断するつもりだ。しかし、君を連立内閣に迎えることに異議はない。我々は軍人だ。私は国家のために、戦友としての貴下に手を差し伸べているのだ。君は祖国への責任と義務を忘れないようにしなければならん」

　感情的に意見を述べるヒンデンブルクに、ヒトラーは恐れと屈辱の両方の感情を抱いた。結局、会談は物別れに終わった。青い顔をして、大統領宮殿を後にしたヒトラーは、ベルリンのゲッベルスのアパートに転がり込んだ。心配そうに見つめるゲッベルスを尻目にヒトラーは、不機嫌な顔をして沈黙していた。そうかと思うと、突然、明るい顔になって、誰に話すでもなく、

「パーペンと一緒に働くことはある意味で楽しいことかもしれない。あの男も戦争中は勇敢な兵士だったに違いない。首相は真の戦友として行動しそうに思える。彼が夫人と一緒に首相官邸に住み続けることで自尊心が満たされ、実権を私に委ねるのなら、それでも構わない」

ブツブツと呟き出した。ヒトラーの心の中では、副首相を受けるか否か、葛藤が繰り返されていたのだ。独り言を呟くうちに、心が落ち着いてきたようで、ヒトラーは、突撃隊の隊長たちをゲッベルスのアパートに集め、

「まだ政権獲得の機は熟していない。今の段階での一揆は必ずや惨めな失敗に終わるだろう。軽挙妄動するな」

落胆と失意に覆われる隊長を前に自制を要求した。

深夜、ヒトラーはオーバーザルツブルクの山荘へと向かう。車内は沈黙が長く続いたが、時折、ヒトラーの独り言がまたしても繰り返された。

「今に見ていろ。我々が始めたことを完成させるのは、我々しかいない。砦にこもって捕虜になるよりは、その砦を包囲するほうに回りたい。あとになってみれば、これで良かったということになるだろう」

*

ヒトラーの圧力を受けて、パーペンは議会を解散することを頭に描きだしていた。選挙の結果、ナチスが再び第一党になるかもしれないが、ヒンデンブルクの後援があれば首相の座は保

てるし、解散と選挙を今後も繰り返していけば、いつかはナチスも疲弊して没落していくに違いないという目論見があった。

そして、共産党からも内閣不信任案が出され、圧倒的多数で可決、パーペンは大統領命令でもって議会を解散させる。総選挙は十一月六日となった。その五日前、ヒトラーにとって、衝撃的な事件が起こる。

一九三二年十一月一日、エヴァ・ブラウンの両親は墓参りに出かけ、ホーエルンツォレルン街にある自宅を留守にした。エヴァはもう何日の前から思いつめた顔をして、独り悩んでいた。両親と食卓を囲む時は、明るい顔でごまかしていたが、自室に入ると、暗い顔をして机に突っ伏した。

(あの人は、私を捨てた。私は捨てられた)

エヴァの瞼に、優しく微笑むヒトラーの姿が浮かんでは消え、また浮かんだ。ヒトラーは政治活動の激化によって、エヴァと会うことはなくなっていた。エヴァからの短い手紙の返事さえも書かず、放っていたのだ。ホフマンの写真館に行けば、ホフマンからは、ヒトラーが女性の支持者に囲まれて、嬉しそうに映る写真を何枚も見せつけられた。

(きっと別の女に心が移ったんだわ)

エヴァはその度にますます落ち込んで、家に帰っても夜も寝られなくなった。

（なぜ、短い手紙の返事さえ書いてくれないの。どうしたら、あの人は私のもとに帰ってきてくれるのかしら）

憔悴した顔で、暗い天井を見つめ、同じ言葉を心の中で唱えるばかりだった。両親が自宅のドアを閉めて旅行に出たある日、暫くしてから、エヴァはベッドから起きて、父親の部屋にそっと入っていった。そして中から出てきた時には、ピストルを手にしていた。自室に戻ったエヴァは、父親のナイトテーブルの引き出しから取り出したピストルを眺めて、物思いに耽った。

（このピストルで自分を撃てば、アドルフはきっと来てくれるに違いない。これで、あの人に会える）

首の脇にピストルの銃口を当てたエヴァは、引き金を引いた。銃声が響き、エヴァはベッドに倒れ込んだ。どれくらい時が経ったのか、エヴァは激しい痛みのなか、目覚めた。死んではいない。ベッドから滑り落ちると、エヴァは這って、電話口に向かう。

（あの人に会える）

その一念のみで、血を流しながら、電話がある部屋まで辿り着くと、医者（ホフマンの義理の兄弟でドクターのプラーテ）に電話をかけ、

「ピストルで自分を撃ちました。すぐに来てください」

と告げた。個人診療所に運ばれたエヴァは、手当を受け一命をとりとめた。エヴァが自殺をはかったとの知らせは、すぐにヒトラーに伝えられた。ヒトラーは驚き、選挙活動を中断して、花束を手にして見舞いに訪れた。エヴァに会う前に、ヒトラーは医師から話を聞いた。

「私の気をひくために、エヴァは自殺をはかったのではないか」

ヒトラーの問いに医師は、

「いいえ、彼女は間違いなく死のうとしたと思います。助かったのは、ピストルの角度が狂っただけでしょう」

断言した。その言葉を聞いたヒトラーは、真面目な顔つきのまま、同行したホフマンの方を向き、

「聞いたか。彼女は私を本気で愛するがために自殺しようとしたのだ。私は彼女の面倒をみてやらねばならない。その義務があるだろう」

感動を押し殺すようにして呟いた。病室を覗き込んだヒトラーは、ベッド上でスヤスヤ眠るエヴァの寝顔を見ると、そっと近寄って頬にキスをした。そして机に花束を置き、病室を後にしたのだった。

*

ナチ党員に選挙疲れが生じていた。繰り返される選挙と、ヒトラーが入閣を拒み、首相就任も上手くいかなかったことは、人々のナチス離れを引き起こしていた。ヒトラー自ら集会に行っても、席の半分も埋まっていないことが見られるようになった。不吉な光景だった。そしてそれは、選挙結果に如実に反映する。十一月六日の選挙で、ナチスは二百万票を失った。得票率をあげたのは、共産党とドイツ国家人民党であった。投票率の低さも、ナチスに不利となった。とは言え、ナチスが未だ議会の第一党であることに変わりはない。

選挙直後、パーペン首相からヒトラーに手紙が届いた。そこには「この度の選挙はドイツの結束のために新たな機会を用意した。我々は選挙の行きがかりを捨てて、国家の利益を最優先させねばなりません。貴方に副首相として入閣していただきたい。是非、また会談したい」との内容が記されており、要はこれまで通りヒトラーとの提携を望むものであった。しかし、ヒトラーは「八月十三日の二の舞いは、繰り返すつもりはない」と書簡で拒絶。ヒトラーを取り込むことに失敗したパーペンは、十一月十七日、ヒンデンブルク大統領に辞表を提出、内閣は総辞職する。次の首相が決まるまで、政府の日常業務はパーペン内閣が引き続き担うことになった。パーペンは大統領は自分に好感を持っているので、次も自らに組閣の大命が下るものと期待を抱いていた。

十一月十九日、大統領と諸政党の党首との会談が行われることになっていたが、ヒトラーと会う前にヒンデンブルクは、国家人民党の党首フーゲンベルクと言葉を交わした。

「ヒトラーを首相にすることについてどう思うか」

大統領は、実業家としても成功した保守政党の党首に率直に聞いてみた。フーゲンベルクは、丸眼鏡の奥から大統領の目を真っ直ぐに見て、

「彼の行動を見ておりますと、彼にリーダーシップを与えるのは危険だと感じます」

思うところを述べた。ヒンデンブルクは、フーゲンベルクの白髪を見つめていたが、

「かつて、ヒトラーがミュンヘンでペンキ屋をしていたという噂は本当であろうか」

と呟くように言った。そして、次は声を張り上げてこう続けた。

「フーゲンベルク君、君は私の気持ちを代弁してくれた。ペンキ屋ふぜいをビスマルク（ドイツ帝国宰相）の椅子に座らせることはできん」

フーゲンベルクが執務室から去ると、ヒトラーが入れ替わるようにして入ってきた。

「私が首相に任命されない限り、内閣に加わることは拒否します。祖国の利益のため、私の運動は続けられなければならないし、私がリーダーシップをとらねばなりません」

大統領の今の気持ちも知らずに、ヒトラーは相変わらずな態度を見せる。大統領は、

（このペンキ屋ふぜいが）

と心中蔑んでいたが、それをおくびにも出さず、

「私にできることは、君への頼みを繰り返すことだけだ。どうか私に力を貸してくれたまえ。君の運動を推進する偉大な思想は私にも理解できる。だからこそ、君が政府に参加することを私は希望しているのだ。しかし、君に首相の地位を提供することはできない。むろん、議会で過半数を制したあかつきには、単独の内閣をつくるのは、君の自由だが」

温和に希望を伝えた。ヒトラーもヒンデンブルクとの会談をこれまで何度か重ねてきただけあって、大統領の威厳に押されることは余りなくなっていた。ヒトラーは、握り締めた拳を膝の上に置き、

「元帥閣下、私は閣下が考えておられるような独裁政治をおこなうつもりはありません。あくまで議会で過半数を占めよと仰せならば、一種の全権委任法を議会に提出せざるを得ません」

言いたいことをずけずけと申し述べた。もちろん、ヒンデンブルクはヒトラーの提案に反対であった。大統領は、協力してほしいと尚も呼びかけたが、ヒトラーも強硬姿勢を崩さず、そのまま帰ってしまった。

堂々巡りの事態をどう打開するのか、ヒンデンブルクは、パーペンとシュライヒャー中将を大統領宮殿に呼び入れた。十二月一日午後六時のことである。大統領の机を囲むようにして座った二人は、それぞれの思惑をもっていた。パーペンは、

「ヒトラーは首相職しか受けるつもりはありません。であるならば、しばらく私が首相を再び務めましょう。とは言え、議会はそれを承認しないでしょうから短期間、議会の機能を停止する。これは確かに大統領による憲法違反となりますが、事態はそれもやむを得ないほど緊迫しています。議会が停会している間に、帝政復活の憲法改正を行うのです。ヒトラーの党や共産党がそれに反発して一揆を起こせば、軍隊を投入して治安を回復させるべきです」

ヒンデンブルクやシュライヒャーも賛成してくれるとばかり思って、二人の顔を交互に見ながら意見を述べた。そのパーペンの顔を、薄気味悪い笑みを浮かべながら見ていたのが、シュライヒャーであった。シュライヒャーはすぐに口を挟んだ。

「銃剣の力でできることは色々あるが、一つだけ不可能なことがある。それは、その状態を長く維持することです。首相の計画は上手くいかないでしょう」

「では、どうすれば良いのだ」

パーペンはシュライヒャーの皮肉な口調に色をなした。

「私が組閣し、新内閣にナチスのシュトラッサーと彼の支持者を数名加える。これで六十名ほどのナチスの議員の支持が得られるでしょう。ナチスの勢力は二分され、私は議会で過半数を制することができます」

「なにっ」

シュライヒャーの主張にパーペンは度肝を抜かれた。シュライヒャーは自分を追い落とそうとしている、そう感じたパーペンは、全力でシュライヒャーに反論した。

「シュライヒャー国防相の計画は、政府と議会のより満足すべき関係を打ち立てようとする大統領の政策を放棄するものだ」

ヒンデンブルクは、無言で座っていたが、二人の会話がひと段落したところで立ち上がり、

「首相よ、私は貴下の計画を支持する。直ちに新内閣を組織するために必要な措置をとってほしい」

とだけ言うと、疲れ切った顔をして退出した。

ヒンデンブルクが去った後で、残された二人も退室したが、両者の間には冷たいすきま風が流れていた。

大統領宮殿の廊下を歩きながら、パーペンは、シュライヒャーの顔を見ずに、

「憲法が修正され、議会に秩序が回復するまでの数ヶ月間、私は首相の地位に留まりたい。その後、私が辞任すれば、あなたが政府を引き継げば良い。順調なスタートを切ることができるだろう」

と言った。シュライヒャーは、陰気な顔でパーペンを見ると、不気味な声で、

「僧侶よ、僧侶よ、汝は艱難の道を選びたり」

十六世紀、宗教改革者ルターが教義の放棄を求められ、それを拒否した時に投げかけられた章句を唱えて足早に去っていった。

翌日、パーペンは閣議を招集し、大統領から新内閣を組織することを命じられたことを閣僚らに報せた。ところがそこにシュライヒャーの姿はなかった。困惑するパーペンの姿を見た法相ギュルトナーは、

「シュライヒャー国防相は、国中が内乱状態になれば、軍も警察も秩序を維持するのは困難であり、軍は動くつもりもないと話しておりました」

と告げた。パーペンは国防省に連絡し、シュライヒャーを呼びつけた。

「何をしていたのか」

詰問するパーペンに、悪びれた様子もなく、シュライヒャーは、

「政情不安の対処法について、図上演習をしておりました。その結果、軍や憲兵、警察に反乱の鎮圧能力はないことが改めて判明しました。また、首相はナチスが大規模な反乱を起こすと心配されていますが、その可能性は低いのではないでしょうか」

と進言する。その場にいた閣僚は、軍が政府に背を向けた光景を目の当たりにし、パーペンに対し口々に、

「組閣を辞退されてはどうか」

と勧める。パーペンはそうした声を振り切るように部屋を出ると、大統領宮殿に向かった。

ヒンデンブルクに、

「国防相を更迭して政権を維持したいのです。どうか、ご協力ください」

息を切らせて低頭したパーペンであったが、ヒンデンブルクは目を瞑り、首を左右に振ると、

「パーペン君、私が前言を翻したら、君は私をろくでなしと思うだろう。しかし私は歳をとりすぎた。死を目前とした今になって、祖国を内戦に追いやる責任をとることはできない。ここに至りては、シュライヒャーに運試しをさせるしかないだろう」

大粒の涙をこぼした。杖を頼りに立ち上がったヒンデンブルクはパーペンのもとに歩み寄り、手を差し出す。パーペンは大統領の想いに心を動かされ、恐縮しながら、ヒンデンブルクの手を握りしめた。

数時間後、ヒンデンブルクの前に立っていたのは、シュライヒャーであった。

「シュライヒャー中将よ、組閣を命じる」

大統領が短く用件を伝えると、シュライヒャーは、

「閣下、私は閣下の厩の最後の乗馬であります。万一の場合に備えてとっておかれるべきです」

本心か否かは分からないような言辞を弄した。

「では、私は辞任するだけだ」

呟いた大統領が席を立とうとしたので、慌てたシュライヒャーは、

「大任、お受けいたします」

と承知する。

首相に就任したシュライヒャーは、彼の言葉通りに動いた。グレゴール・シュトラッサーを自宅に招き、

「副首相及びプロイセン首相に就任してほしい」

と入閣を要請したのだ。

「ありがたくお受けいたしますと言いたいところだが、総統に相談してから返事をしよう」

うまい話にすぐに飛びつくに違いないとシュライヒャーは思っていたが、意外な展開に面食う。

「そうか、分かった。ただし、この話し合いは極秘にしてほしい。色よい返事を待っている」

シュライヒャーは、握手をしてグレゴールを送り出した。グレゴールはヒトラーを裏切るつもりはなかったが、ヒトラーの最近の行動に疑問を抱いていた。

(信義の人ヒンデンブルクが誠心誠意、ヒトラーに大臣の地位を提供しようとしているのに、ヒトラーはそれを受けようとしない。それというのも、ヒトラーの取り巻きが悪すぎる。ゲー

リングは利己主義者であり、ゲッベルスは悪魔的で裏表のある人物、レームは豚だ。こんな連中が総統の親衛隊だなんて、まったく馬鹿げている）

シュライヒャー、グレゴール会談は、すぐにヒトラーの耳に入った。パーペンの側近が会談の模様を聞きつけて漏らしたのだ。グレゴールとしては、連立内閣であっても入閣することが、党の分裂を防ぐ手段だと考えてシュライヒャーに会ったのだが、その真意をヒトラーは解さなかった。

「裏切り者め、党を分裂させるつもりか」

十二月七日、グレゴールと対談したヒトラーは怒りにまかせて、罵った。グレゴールも負けてはいない。

「いや、その逆だ。私は党の分裂を避けようとしたのだ。シュライヒャー首相は、我が党が協力しなければまた議会を解散するはずだ。このうえの選挙となれば党の分裂を招くだろう」

それでもヒトラーは納得せず、

「いや、お前の行動は、党内を分裂させる行動だ。最終的勝利の五分前に私の背中を刺すようなものだ。地位欲しさに裏切りおって。お前はこれまでも裏に回っては党の指導権を横取りしようとしてきた」

唾を飛ばして責め続けた。

「私はこれまでずっと信義を守り続けてきたし、一心に党の利益のことを考えてきた。そのような言われようは心外だ」

屈辱を受けたグレゴールは、顔を真っ赤にして、ヒトラーを睨み付けていたが、突然、物凄い勢いで席を立つと、ドアを叩きつけるようにして出ていった。もうやっていられない思いに駆られたグレゴールは、ホテルに籠ると辞表を書き上げて、すぐにそれをヒトラーに送り付けた。グレゴールの辞表提出を知ったヒトラーは、ホテル・カイザーホーフの一室をまたぞろ歩き回り始める。ゲッベルスは、その様子を見て、

「グレゴールのこのような恥ずべき行為は何人にも理解しがたいものです。党内には不穏な空気がみなぎっています。これも全てグレゴールのせいです」

憤懣やるかたないといった口調でヒトラーに話しかけた。ヒトラーはそれには答えずに、何時間もホテルの部屋を行ったり来たりした末に、ぴたっと立ち止まって、

「もしも党が分裂するようなら、私は三分以内にピストルで全てのかたをつける」

叫び出した。

「シュトラッサーを何が何でも探し出せ」

そうもヒトラーは命じたが、すでにグレゴールはミュンヘンの自宅に帰っており、しかも家族とイタリア旅行に出発する準備までしていて、容易に見つけることはできなかった。ヒト

ラーもゲッベルスも、グレゴールの離反によって党内が割れることを恐れたのだが、それは無用の心配だった。グレゴールには、ヒトラーを裏切る気持ちもなかったし、党内の分裂を誘おうという謀叛気もなかった。グレゴールに敵愾心を持つゲッベルスなどは、グレゴールの行為を、

「裏切り、裏切り、裏切り」

と日記に書いたが、間違いなく過剰な反応である。グレゴールは、

「私はヒトラーの部下の一人として戦ってきた。いつか私はヒトラーの部下の一人として墓に入ることを望んでいる」

とまで知人に語っていたのだから。十二月九日、党幹部の会合において、ヒトラーは、

「シュトラッサーの裏切りはショックだった。私には彼がこんな裏切りをするとはどうしても思えない」

声を震わせながら語った。その様子を見た幹部たちは、

(こういう気持ちでおられる総統に対して、こんな仕打ちをするなんて、シュトラッサーのやつ、気でも狂ったか)

と涙を流してヒトラーに同情した。会合のあと、ヒトラーと幹部たちは固い握手を交わし、最後まで運動を貫徹することを誓う。ゲッベルスはその様を見ながら、

（シュトラッサーは完全に孤立した。いまや死人も同然だ）

心中でほくそ笑んだ。

そして、グレゴールは党から去った。

＊

一九三三年一月四日、ヒトラーとパーペンは、ケルンのフォン・シュレーダー男爵邸で会談する。パーペンは、自らを首相の座から「追放」したシュライヒャーに敵意を抱き、シュライヒャー政権を打倒したいと考えていた。そしてそのためには、ヒトラーと手を組んでも良いと思うようになっていた。

「ヒンデンブルク大統領が貴方を首相にすることを承認しなかったのは、シュライヒャーの助言があったからです。あの男に全ての責任がある」

暖炉の火に照らされながら、パーペンはヒトラーに必死に取り入ろうと語り掛けた。ヒトラーは、これまでの経緯から、疑り深い目でパーペンを見つめている。

「今日、私がここまでやって来た本当の用向きは」

一度話を区切り、本音で話すぞという態度を見せて、パーペンは言葉を続けた。

「シュライヒャー内閣を更迭できる見込みがあるかということだ。そして更迭後は、貴方を首相に、私を副首相にして政権運営をやってみるのはどうかということだ」

黙って聞いていたヒトラーだったが、急に身を乗り出して、語り始める。

「私が首相に任命されるとすれば、当然、私が政府の最高責任者になる必要がある。だが、貴方の味方をする人でも、私の政策に喜んで賛成してくれるのならば、大臣として入閣しても差し支えないだろう」

「それで、貴方の計画する政策とは？」

パーペンも身を乗り出して尋ねる。

「社会民主党員、共産党員、ユダヤ人をドイツの重要な地位から外すことだ。そして公的秩序を回復することも重要だ」

パーペンはヒトラーの顔をじっと見て話を聞いていたが、ヒトラーの話が終わると、

「なるほど。私もその意見に賛成だ」

として賛意を示した。両者は握手をして、シュライヒャー内閣の打倒をその日、誓ったのだった。会談は秘密裏に進められたが、パーペンがタクシーから降りたところを写真に撮られていた。

その写真はすぐにシュライヒャー首相の目にするところとなった。シュライヒャーは、パー

ペンがヒトラーと協力して自分を追い落とすつもりだと確信し、大統領に次のように懇願する。

「今後、私が同席しない限り、前首相と会うことはお控えください」

ヒンデンブルクは、軽く頷いただけで、言葉は何も発しなかった。ヒンデンブルクはパーペンのことがお気に入りで、貴族の家系のパーペンが裏工作をするような人間だとは信じることができないでいた。

ヒトラーは、ケルンでの会談後、すぐに車を飛ばして、リッペ州にある小さな街に入り、特設テントで演説をした。真夜中であるにもかかわらず、五千もの人々が足を運び、ヒトラーの話に聞き入った。ナチスのプラカードや五万冊のパンフレットが、ドイツ最小の州のリッペにばらまかれていた。一月中旬の州議会選挙のためではあるが、小さな州での選挙戦には似つかわしくない力の入れようであった。

（リッペ州の選挙は、党の威信にかけても勝利しなければならない）

ゲッベルスは、人も通らぬ小路にも宣伝カーを走らせ、もてる力を総動員して選挙に臨んだ。なぜか。地方選挙であっても、大勝すれば、ナチスは再び力を得ているという証明になるからだった。全国への宣伝効果は計り知れないものになる。一月十五日、リッペ州の選挙において、ナチスは第一党の地位を得ることができた。勝利の報を聞いたヒトラーは、子供のような顔をして、

「この勝利は、いくら過大評価しても足りないほどの大成功だ」

喜びに浸る。選挙の勝利によって、財界からの献金も増え、党の財政状態は一晩で改善された。

さて、ヒトラーとパーペンは、一月中旬にも、実業家のリッベントロップの邸で会談していたが、ヒンデンブルク大統領を如何に説得して、ヒトラーを首相に就かせるかに話の焦点は絞られていた。パーペンが大統領のお気に入りとは言っても、そこまでの影響力はない。ではどうするか。ヒンデンブルク大統領の息子オスカーと、大統領官房長官オットー・マイスナーを懐柔することが近道だろうということになった。しかし、オスカーは大のナチス嫌いであったが。

一月二十二日夜、オスカーとマイスナーは夫人同伴で、リンデン国立歌劇場にてワーグナーのオペラを観劇していたが、第二幕の途中で、桟敷を抜けて、裏口から歌劇場を抜け出した。猛吹雪のなかをタクシーで向かったのは、リッベントロップの邸であった。オスカーらが、応接間に入ると、ヒトラー、ゲーリング、パーペンが既に座って待っていた。よそよそしい挨拶の後に、リッベントロップによってシャンパンがグラスに注がれる。ヒトラーだけはミネラルウォーターを注いでもらった。

「是非、二人でお話をしたい」

オスカーをヒトラーが別室に誘った。着席するとヒトラーは静かに喋り出した。

「ドイツを共産主義者から救えるのは、私しかおりません。我が党の支持なしでは、いかなる政府もその機能を果しえないでしょう。強力な首相として国を引っ張っていけるのは、私しかいないのです」

自信過剰な言葉とは裏腹に、ヒトラーは落ち着いた態度で終始接した。更にヒトラーは、自分を支持してもらえたら、五十ヘクタールの土地所有の便宜とオスカーの昇進を約束しようと囁いた。噂で聞いていた過激なヒトラーの印象は、オスカーの脳裏からはすっと消えていた。

（真摯な男ではないか）

一時間ばかりの会談のあと、無言で隣室から現れた二人は、食卓についた。銀の容器には豆とベーコンの煮込みが盛り付けてあった。ヒトラーは水を飲み、オスカーはシャンパンを飲み干し、暫くしてから辞去する。夜道を走るタクシーのなかで、オスカーは、

「ナチ党を政府に入れねばなるまい」

マイスナーにそう呟いたという。この会談が行われたことも、すぐにシュライヒャー首相の知るところとなり、翌朝、マイスナーは、

「昨晩の料理の味は如何だったかな」

首相から皮肉交じりの電話を受けたのだった。シュライヒャー首相は、パーペンらの陰謀に

対処するために、大統領に対して、

「議会を解散するための全権を私にお与えください」

と要求した。シュライヒャーは、議会の解散、選挙の停止を実行し、軍部独裁制を布こうと目論んでいた。

「いかん」

ヒンデンブルク大統領は首相の要求を一蹴した。

「それでは、ヒトラーを首相にするしかありません」

首相はヒンデンブルクに翻意を求めようとしたが、

「ドイツを安定させる政権を私なら見つけることができるかもしれない」

との大統領の言を聞くと、

「辞職致します」

無念の口調で言上した。大統領がそれを認めると、
シュライヒャーは、不満気に、

「自らが任命された首相の背後で別人と取引する権利は大統領にはないはずです」

精一杯の不満の言葉を口にした。シュライヒャーと会う前に、大統領は、パーペンと会談していた。パーペンは、ヒトラーを首相にする以外、現状を打開する方法はないと、懸命に口説

いだ。ヒンデンブルクの心は揺れ動いた。財界そして最近では息子オスカーまでもが「ヒトラーを首相に」と求めてくる。眉をひそめた大統領は、右手の人差し指を天に掲げ、

「親愛なるシュライヒャーよ、自分の行動が正しいかどうかは自分にもわからぬ。だが、何れあそこに行けば分かるだろう。私は片足を墓穴に入れている。天国で悔やまないですむかどうか、私には分からない」

と言った。

「閣下、失礼ですが、このような背信の後で、閣下が天国に行かれるとは思えません」

シュライヒャーは冷たく言い放つと、執務室を去っていった。大統領は、ヒトラーを首相とすることにまだ踏ん切りがつかないのか、パーペンを呼ぶと、

「パーペン君、組閣の意思はないか」

と尋ねたが、パーペンが首を振ると、

「憲法の規定内でヒトラー内閣が成立できるかどうか確かめよ」

とパーペンに指示する。ヒンデンブルク大統領はいよいよ腹を固めたのだ。ヒトラー内閣には、パーペンや国家人民党のフーゲンベルクも入るはずだ、彼らがヒトラーを押さえてくれるだろう、ヒンデンブルクはそう考えていた。

一九三三年一月三十日の朝、ベルリンの寒暖計はマイナス十度を記録し、凍てつく寒さで覆

われていた。インフルエンザが流行し、病院には人の列ができていた。経済は相変わらず低調で、失業者はスープ配給所に列をなしている。

午前十時三十分、首相官邸の周辺には、ナチスの支持者がつめかけていた。そこにメルセデスのオープンカーに乗ったヒトラーが、ゲーリングと共に到着する。

「ハイル！」

群衆の叫び声が聞こえるなかを、ヒトラーは車から降り、雪が積もる庭の芝生を踏みしめた。黒の燕尾服にシルクハット姿であった。

（いよいよだ）

ついに大統領から大命が降下する、今日がその日なのだ。首相官邸の庭を通り、官房長官マイスナーの部屋に入ったヒトラーは、他の入閣予定者と落ち合った。ナチスから入閣するのは、ヒトラー（首相）とゲーリング（無任所大臣）、ヴィルヘルム・フリック（内務大臣）のみであった。他は、パーペン（副首相）、国家人民党のフランツ・ギュルトナー（司法大臣）、アルフレート・フーゲンベルク（経済大臣）、男爵のコンスタンティン・ノイラート（外務大臣）、パウル・リューベナッハ（郵政大臣兼運輸大臣）、伯爵のルートリッヒ・クロージク（財務大臣）、国防軍中将のヴェルナー・ブロンベルク（国防大臣）、鉄兜団指導者フランツ・ゼルテ（労働大臣）とナチス以外の閣僚が大半であった。

そのことも手伝いパーペンは心中、

(ヒトラーは手も足も出まい)

と計算していた。パーペンが保守派の政治家連に入閣を要請し、作り上げた内閣なのだ。マイスナー官房長官の部屋でパーペンは初めて、

「次期首相はヒトラー氏である」

と一同に告げる。そしてヒトラーも一同に向かい、

「議会の解散そして総選挙の公示に同意してほしい」

と呼びかける。これに噛みついたのが、フーゲンベルク(国家人民党党首)だった。

「選挙だと。そのような事、納得できん」

怒気を含む声でヒトラーに詰め寄ると、強硬に選挙の実施に反対しだしたのだ。ヒトラー首相のもとで選挙を行うとなると、ナチスは国家権力と組織を駆使して選挙に臨むだろう、そうなると国家人民党は敗れ、ナチスが絶対多数を獲得しかねない。

「選挙の結果にかかわらず、内閣改造は行わない」

ヒトラーはフーゲンベルクを宥めるため、彼の手を取り囁いたが、それでもフーゲンベルクは大声をあげて喚いている。その時、マイスナーの鶴の一声が部屋に響いた。

「皆様方、大統領閣下による宣誓は、十一時に定められておりました。しかしもう十一時十五

分ですぞ。大統領閣下をこれ以上お待たせすることは許されません」

ヒトラーに掴みかからんばかりに怒鳴っていたフーゲンベルクも、

「選挙の決断は大統領に任せよう」

と大人しくなった。

「宜しい、これで全て解決した」

ゲーリングが腹をゆすって大声をあげる。整列した閣僚予定者たちは、マイスナー長官の後ろについて、階段をのぼり、大統領の応接室に入った。そこには、ヒンデンブルク大統領がいつもにも増して、厳めしい顔をして立っていた。大統領はヒトラーを首相に任命することは、この期に及んでは仕方ないとは頭で理解していたが、心中では最後まで納得できないでいた。新内閣歓迎の演説も、任務の説明も極めて簡潔に済ませた。続いてパーペンが大統領に閣僚を紹介する。そして、ヒトラーによる宣誓が行われた。

「我が権限をドイツ国民の福祉のために行使し、憲法とドイツ国民の法を守り、党利を超え、国民全体のために義務を果たすことを誓う」

その言葉を聞くと、大統領は頷き、散会せよとの身振りをしたが、突然、ヒトラーが演説をぶち始めた。これは予定にはないことだった。

「大統領がもはや緊急令に署名しなくとも良いように議会において過半数を制することをお約

束します。更に経済危機を克服し、憎しみと対立によって引き裂かれたドイツを統一することを誓います」

ヒトラーの行動に一同は唖然として、大統領も一瞬戸惑った風を見せたが、満足気に頷くと、

「では諸君、神とともに進まれんことを」

とだけ述べた。

十一時十五分、ヒトラー内閣成立。ヒトラーは首相官邸を通って外に出た。冷気が押し寄せてきたが、ヒトラーの身体はそれを撥ね返すだけの熱気に包まれていた。官邸や宿泊所のカイザーホウフ、その中間にあるウィルヘルム広場には人の山が出来ていたが、ヒトラーはいったん、ホテルへと戻った。

「おめでとうございます」

突撃隊の隊員、ナチ党員だけでなく、一般客や従業員までもが総出で、首相就任を祝った。拍手と歓声がヒトラーを包んだ。

「やったぞ」

ヒトラーは周りを囲む幹部に告げると、両目をうるませて、握手をして回った。その中には、ゲッベルスの姿もあった。

「おめでとうございます。ドイツは目覚めたのです」

ゲッベルスも瞳を濡らせて、ヒトラーに祝意を伝えた。ヒトラーはゲッベルスを抱きしめた。ゲッベルスはこの日のことを「ヒトラーが首相になった。おとぎ話のようだ」と記したが、ヒトラーもまた夢のような心地であったろう。

その夜、ベルリンは突撃隊員や親衛隊員による松明行列のため、眩い光りに包まれた。一般市民も行進に加わった。ナチ党の党歌「旗を掲げよ」を合唱しながら、大統領官邸・首相官邸前を行進したのだ。首相官邸のバルコニーには、ヒトラーやゲーリング、ゲッベルス、ヘス、副首相パーペンが立ち、行進を見物した。

「ハイル、ハイル、ジークハイル(勝利万歳)」

いつ果てるともしらない喜びの声が、ヒトラーの耳にも響いてきた。ヒトラーは涙を浮かべながら、ナチス礼を繰り返し、歓声に応えた。炎で浮かびあがるベルリンの街、

(美しい)

誰もが息をのんだ。ヒトラーはパーペンの方を振り向くと、感動の余りかすれた声で言った。

「我々は何という偉大な任務を背負って船出したことだろう。パーペン君、この任務を完了するまでは決して袂をわかってはならない」

首相となったヒトラーの脳裏には、ヨーロッパ大陸が鉤十字の旗に覆われている様が浮かんでいた。

（生存圏を獲得せねばならない）
ヒトラーの眼は、妖しくきらめく。
ヨーロッパの覇者への道は、今、開いたばかりであった。

（『小説 アドルフ・ヒトラー Ⅲ 破滅への道』に続く）

※ⅠとⅡの参考・引用文献一覧は、Ⅲに掲載します

濱田 浩一郎（はまだ・こういちろう）
1983年生まれ、兵庫県相生市出身。歴史学者、作家、評論家。皇學館大学大学院文学研究科博士後期課程単位取得満期退学。兵庫県立大学内播磨学研究所研究員・姫路日ノ本短期大学講師・姫路獨協大学講師を歴任。大阪観光大学観光学研究所客員研究員。現代社会の諸問題に歴史学を援用し迫り、解決策を提示する新進気鋭の研究者。 著書に『播磨赤松一族』（新人物往来社）、『あの名将たちの狂気の謎』（中経の文庫）、『日本史に学ぶリストラ回避術』（北辰堂出版）、『日本人のための安全保障入門』（三恵社）、『歴史は人生を教えてくれる―15歳の君へ』（桜の花出版）、『超口語訳 方丈記』（東京書籍のち彩図社文庫）、『日本人はこうして戦争をしてきた』青林堂）、『超訳 橋下徹の言葉』（日新報道）、『教科書には載っていない大日本帝国の情報戦』（彩図社）、『昔とはここまで違う！歴史教科書の新常識』（彩図社）、『靖献遺言』（晋遊舎）、『超訳 言志四録』（すばる舎）、本居宣長『うひ山ぶみ』（いつか読んでみたかった日本の名著シリーズ16、致知出版社）、『超口語訳 徒然草』（新典社新書）、『龍馬を斬った男―今井信郎伝』『龍虎の生贄 驍将・畠山義就』（以上、アルファベータブックス）、共著『兵庫県の不思議事典』（新人物往来社）、『赤松一族 八人の素顔』（神戸新聞総合出版センター）、『人物で読む太平洋戦争』『大正クロニクル』（世界文化社）、『図説源平合戦のすべてがわかる本』（洋泉社）、『源平合戦「3D立体」地図』『TPPでどうなる？ あなたの生活と仕事』『現代日本を操った黒幕たち』（以上、宝島社）、『NHK大河ドラマ歴史ハンドブック軍師官兵衛』（NHK出版）ほか多数。監修・時代考証・シナリオ監修協力に『戦国武将のリストラ逆転物語』（エクスナレッジ）、小説『僕とあいつの関ヶ原』『俺とおまえの夏の陣』（以上、東京書籍）、『角川まんが学習シリーズ 日本の歴史』全十五巻（角川書店）。

小説（しょうせつ） アドルフ・ヒトラー II ヨーロッパの覇者（はしゃ）への道（みち）

発行日 2020年7月15日 初版第1刷

著 者 濱田浩一郎
発行人 春日俊一
発行所 株式会社アルファベータブックス
〒102-0072 東京都千代田区飯田橋2-14-5
Tel 03-3239-1850 Fax 03-3239-1851
website http://ab-books.hondana.jp/
e-mail alpha-beta@ab-books.co.jp
印 刷 株式会社エーヴィスシステムズ
製 本 株式会社難波製本
ブックデザイン Malpu Design（清水良洋）
カバー装画 後藤範行

ISBN 978-4-86598-079-0 C0093

アルファベータブックスの本

小説 アドルフ・ヒトラー Ⅰ
ISBN978-4-86598-078-3（20・04）

独裁者への道

濱田 浩一郎 著

小説で読む、世紀の独裁者アドルフ・ヒトラーの生涯。全３巻、刊行開始‼ 「邪悪な独裁者」といわれた男の生涯を描いた初めての歴史小説！ ヒトラーの「愛」と「憎しみ」と「野望」を描く！ Ⅰ（第一回配本）では、ヒトラーの幼少期から不遇の青年期を経て、ナチ党に入党し、演説で頭角を現して人々の注目を集め、そしてミュンヘン一揆の失敗で自殺を図ろうとするまでを描く。 四六判上製 定価1800円＋税

龍馬を斬った男 今井信郎伝
ISBN978-4-86598-046-2（18・05）

濱田 浩一郎 著

幕末の英雄・坂本龍馬を斬った男、今井信郎。見廻組に属して龍馬を斬ったことのみが注目されてきたが、この男の本領は、龍馬暗殺以後にあった。鳥羽伏見から五稜郭までの激烈な戊辰戦争を戦い抜き、維新後は、西南戦争に従軍しようとした。牧之原開墾にも従事、ついには初倉村の村長にまでなり、後半生を地域振興に捧げる。 四六判上製 定価1800円＋税

龍虎の生贄 驍将・畠山義就
ISBN978-4-86598-068-4（19・09）

濱田 浩一郎 著

応仁の乱」勃発の原因となった武将・畠山義就。その戦に明け暮れた怒涛の生涯を描く稀有な歴史小説！ 畠山義就を中心に描くことで見えてくる「応仁の乱」とは？ 畠山家の壮絶な家督争いは、ついに応仁の乱を引き起こす！畠山義就は、何を想いどのように戦ったのか？ 稀代の名将の知られざる激動の生涯を描いた初の歴史小説！ 小説で読む「応仁の乱」‼ 四六判上製 定価1600円＋税

沈黙する教室
ISBN978-4-86598-064-6（19・05）

1956年東ドイツ—自由のために国境を越えた高校生たちの真実の物語

ディートリッヒ・ガルスカ 著 大川 珠季 訳

東西冷戦下の東ドイツのある高校の一クラス全員が反革命分子と見なされ退学処分に！ 行き場も、将来の進学も、未来をも見失った若者たちは、自由の国、西ドイツを目指して国境を越える……。映画化されたノンフィクション作品の翻訳‼。 四六判並製 定価2500円＋税

フリッツ・バウアー
ISBN978-4-86598-025-7（17・07）

アイヒマンを追いつめた検事長 ローネン・シュタインケ 著 本田 稔 訳

ナチスの戦争犯罪の追及に生涯を捧げ、ホロコーストの主要組織者、アドルフ・アイヒマンをフランクフルトから追跡し、裁判に引きずり出した検事長、フリッツ・バウアーの評伝‼ 戦後もドイツに巣食うナチ残党などからの強い妨害に抗しながら、ナチ犯罪の解明のために闘った検事長の生涯。 四六判並製 定価2500円＋税

アルファベータブックスの本

昭和軍歌・軍国歌謡の歴史

ISBN978-4-86598-072-1（20・03）

歌と戦争の記憶

菊池 清麿 著

昭和の時代を中心とする近代日本の軍歌と軍国歌謡の歴史を、日清、日露戦争から満洲事変、日中武力紛争、そして大東亜戦争の開始から敗戦まで、戦史とともに考察する!! 軍歌・軍国歌謡の約3000曲にのぼるディスコグラフィーを付す!!

A5判並製　定価5400円＋税

昭和演歌の歴史

ISBN978-4-86598-023-3（16・11）

その群像と時代

菊池 清麿 著

演歌の昭和流行歌物語をテーマにその時代の機変転とうねり、生きた群像を描く！ 添田唖蝉坊、鳥取春陽、阿部武雄、船村徹……そして、昭和三〇年代から四〇年代にかけて、美空ひばりを頂点にした昭和演歌の隆盛の時代を迎えるまでの、その群像と時代、昭和演歌の歴史を綴る。★明治・大正・昭和の日本演歌史年譜（主要ヒット曲一覧入り）付！

A5判並製　定価3800円＋税

反戦歌

ISBN978-4-86598-052-3（18・04）

戦争に立ち向かった歌たち

竹村 淳 著

国境と時代を越えて、脈々と歌い継がれてきた世界の反戦歌。その知られざる歴史とエピソードを綴る!! それぞれの歌のお勧めYouTube映像＋CDのご案内も掲載!! 世界じゅうで繰り広げられた戦争の影で、苦しんだ人々を癒し、勇気づけた歌たちの歴史と逸話。

A5判並製　定価2000円＋税

【増補版】シリア 戦場からの声

ISBN978-4-86598-054-7（18・04）

桜木 武史 著

「もっと民衆蜂起の生の声を聞いてもらいたい…!」5度にわたりシリア内戦の現場に入り、自らも死の恐怖と闘いながら、必死で生きる人々の姿をペンと写真で描いた貴重な記録。2016-18年の現状を増補。

四六判並製　定価1800円＋税

狙われた島

ISBN978-4-86598-048-6（18・01）

数奇な運命に弄ばれた19の島

カベルナリア吉田 著

島をじっくり歩けば、日本の裏と側面が見えてくる……。人間魚雷、自殺の名所、ハンセン病、隠れキリシタン、毒ガス、炭鉱…日本の多くの島々が、数奇な歴史と運命に翻弄された。その背景には必ず、国家を、民衆を、他人を自分の思い通りに操りたいと思う「力ある者」の身勝手な思惑があった。島から見える日本の裏面史。

A5判並製　定価1800円＋税

アルファベータブックスの本

『七人の侍』ロケ地の謎を探る

ISBN978-4-86598-081-3（20・07）

高田 雅彦 著

撮影風景写真や航空写真、最新テクノロジーを駆使し、謎のロケ現場を「完全」特定！『七人の侍』のあの場面は、ここで撮られた!! に、撮影当時の航空写真やカシミール3D等を駆使して、これまで不明だった様々な撮影地点を特定することに成功!! 二木てるみ・加藤茂雄ら、出演者たちが語る撮影現場の真実！ 初めて見る！ 東宝秘蔵の「未公開スチール」大量掲載!! A5判並製 定価2500円＋税

三船敏郎の映画史

ISBN978-4-86598-806-9（19・04）

小林 淳 著

日本映画界の頂点、大スター・三船敏郎の本格評伝!! 不世出の大スター、黒澤映画の象徴、世界のミフネ。デビューから最晩年までの全出演映画を通して描く、評伝にして、映画史。全出演映画のデータ付き!! 三船プロダクション監修 生誕100周年（2020年）記念出版。 A5判並製 定価3500円＋税

特撮のDNA
平成ガメラの衝撃と奇想の大映特撮

ISBN978-4-86598-075-2（20・01）

「特撮のDNA」展 制作委員会 編

「特撮のDNA ―平成ガメラの衝撃と奇想の大映特撮―」展公式図録!! 「平成ガメラ三部作」撮影当時の貴重なプロップ、デザイン画や絵コンテ等の資料、大判の美しい写真で構成した永久保存版！ 樋口真嗣特技監督をはじめ主要特撮スタッフへのインタビューも敢行。今回初出の展示作品や、昭和の大映特撮の稀少な資料まで網羅した特撮ファン垂涎の一冊!! B5判並製 定価3500円＋税

みんなの寅さん from 1969

ISBN978-4-86598-074-5（19・12）

佐藤 利明 著

第一作から半世紀、記念すべき第50作公開を記念して、渥美清と山田洋次監督による国民的映画「男はつらいよ」の全てが分かる決定版!! 娯楽映画研究家・佐藤利明が、「男はつらいよ」全50作の魅力やトリビアを様々な視点で綴った、寅さんと日本人の半世紀。「男はつらいよ」史上最大のヴォリュームによる、究極の「寅さん本」!! A5判上製 定価3800円＋税

ホロヴィッツ 全録音をCDで聴く

ISBN978-4-86598-073-8（19・11）

藤田 恵司 著

ホロヴィッツの生涯にわたってなされた録音（1928～1989）を一貫して論じるとともに、全てをCDで聴けるようにガイドする。86年の生涯のなかで4度にわたる引退、復帰を繰り返しながらも、死の4日前までレコーディングに挑み、最後まで《現役のピアニスト》としてピアノに殉じた巨匠ホロヴィッツの録音というモニュメント＝メディアを通じて、この人間臭いピアニストの遺産を振り返る。 A5判並製 定価3500円＋税